Un zeste d'éternité

著作权合同登记：图字 14-2019-0302

图书在版编目（CIP）数据

瞬间与永恒：让构筑永恒的每个生命瞬间都闪耀 / （法）雅克·萨洛梅著；李倩译. — 南昌：江西教育出版社, 2020.2

ISBN 978-7-5705-1634-6

Ⅰ. ①瞬… Ⅱ. ①雅… ②李… Ⅲ. ①散文集—法国—现代 Ⅳ. ①I565.65

中国版本图书馆 CIP 数据核字(2020)第 003817 号

Published originally under the title: Un Zeste d'éternité

瞬间与永恒：让构筑永恒的每个生命瞬间都闪耀
SHUNJIAN YU YONGHEGN: RANG GOUZHU YONGHENG DE MEIGE SHENGMING SHUNJIAN DOU SHANYAO
[法] 雅克·萨洛梅/著　李倩/译

江西教育出版社出版
(南昌市抚河北路 291 号　邮编：330008)
各地新华书店经销
江西千叶彩印有限公司
880 毫米×1230 毫米　32 开本　8.625 印张　字数 130 千字
2020 年 2 月第 1 版　2020 年 2 月第 1 次印刷
ISBN 978-7-5705-1634-6
定价：42.00 元

赣教版图书如有印装质量问题，请向我社调换　电话：0791-86710427
投稿邮箱：JXJYCBS@163.com　电话：0791-86705643
网址：http://www.jxeph.com

赣版权登字-02-2020-011

瞬间与永恒

让构筑永恒的每个生命瞬间都闪耀

Un zeste d'éternité

Jacques Salomé

[法] 雅克·萨洛梅 著

李倩 译

江西教育出版社
JIANGXI EDUCATION PUBLISHING HOUSE

目录

Table des matières

前 言

Préface

“生命是一连串不可思议的奇迹……”

这是雅克与我第一次见面时说的话，他让我学会去迎接生命中的奇迹。

从那时起，我每天都学着去迎接爱的奇迹、人类的奇迹和生命的奇迹。他的存在就像奇迹：他亲切聆听、他激情追求、他的勇敢令人羡慕。多亏了他，我得以迎接永恒的奇迹——内在的生命力。

在与疾病斗争的过程中，他失去了他所珍视之物。他有些话，想对我们说……他正在努力构建一种截然不同的现实。

他是屹立不倒的，他写下强有力的文字。在与我们相遇时，他目光颤动、动作轻柔、心灵闪耀着光芒。今天，他比以往任何时候都更渴望交流，更迫切地想要表达，更自由地分享他的发现。

雅克有一种触及时间的魔法，一种拓展生命空间的魔法，一种延长瞬间的魔法——他懂得如何“以瞬间承载永恒”。

请你走近他，翻开这本书，一页，又一页。他会在这书页间，展示出他的文字的惊人力量！他通过坦率的叙述，将思绪和耐人寻味的观点娓娓道来。这些文字，让身为演说家、心理学家、诗人或者作为一个普通人的雅克·萨洛梅的声音再次回响于我们耳畔，充满魔力。

这本书，带我们探求和触碰在浩瀚无穷的生命之空那一颗颗闪耀着希望的星星。

瓦莱丽亚·萨洛梅（Valeria Salomé）

……和你

这是我和我之间的故事……

甚至远溯到我出生以前

那些出现在我生命中的每一个我

这是我与你的故事

以为能在你身上找到我

却在寻觅你时迷失了我……

是的，我迷失在

我以为你在而你却不在的地方

因为你……不曾改变……

现在，我要隐去，

为你的眼睛腾出位置，好让你翻到下一页。

独自面对内心难以言喻的部分吧！

耐心地认识自己，重新发现自己，

甚至……爱上自己。

为你献上一瞬的永恒……

让构筑永恒的每个生命瞬间都闪耀。

写作的力量

Le pouvoir de l'écriture

书籍带我走进人类的浩瀚

书籍是我今生最美的邂逅。我可以毫无保留地承认，书籍改变了我的职业生涯与人生轨迹……

八岁时，米歇尔·泽瓦柯（Michel Zévaco）的一本书成了第一本改变我世界观的书，他不愧是20世纪初杰出的连载小说家。这本书由法雅（Fayard）出版社出版，售价六十五生丁[①]，书名是《帕尔代朗骑士》（*Les Pardaillan*）。这本书让我发现了自己缺失已久的品质：勇气、自信、言语的美德和爱的奥秘。它让我明白，我可以做出一些改变，我可以不用再成为受害者，我有着超乎寻常的能力，尤其是丰富的想象力。我能在想象中重新构建现实，改变现实，直到自己不再抗拒（我苦痛又混沌的童年！）。很小的时候，我就与这些书籍为伴，也正是它们弥补了我童年的缺憾。

① 生丁，法国辅币名，100生丁相当于1法郎。——译者注

另有一些令我震撼的书，尤其是我二十岁时读到的《第三只眼》（*Le Troisième œil*）。书中讲述了年轻的洛桑然巴（Lobsang Rampa）的故事，他是一个家境殷实的西藏孩子。他的生活与宗教神学有着紧密的联系，时不时会有各种例行仪式和诸多奇遇发生。他在七岁时离开家人，来到拉萨的喇嘛庙。他要在那里完成他成为喇嘛的宿命。入教仪式长达一年。各种仪式给他打开了一条通道，即在额头上打开一扇通向大脑的窗户。洛桑成了一名喇嘛，凭借他的第三只眼睛，他拥有了非凡的能力，可以通过另一个维度观察他所处的这个感性、生动，充满灵气和力量的世界。就这样，洛桑讲述了他充满奇幻色彩的一生，他还声称拥有魔法和超自然的能力。我被这一切深深地吸引住了。

直到很久以后，我才知晓原来洛桑然巴的真名是瑟瑞尔·哈斯金（Cyril Hoskin），他从未去过西藏，只是伦敦的一个水管工，他在二战时期的经历就曾多次受到质疑！我不知道洛桑然巴是不是骗子，我只知道，他于我而言意义非凡！我相信不止我一个人，正是因为他的书，我走进人与人之间，就像走进一个精神空间或宗教秩序中一样。我开始有热情相伴，相信人世间的一切可能性，感受不可思议的生命的力量。

还有一些书继续震撼着我。例如维克多·雨果的《死囚末日记》（*Le journal d'un condamné à mort*）。书中强有力的文字让我意识到不公的存在，促使我研究法律和犯罪（没错，这是实话）。还有22岁就崭露头角的卡尔·罗杰斯（Carl Rogers），他所写的《论人的成长》（*Le Développement de la personne*）让我决定转而研究人际关系。除此之外，还有成千上万本书启发着我，震撼着我，坚定了我对自己，对人类，尤其是对爱的信念！

有些深邃的书探讨生命，就像克里斯蒂安·博班（Christian Bobin）的书：《生命至上》（*La plus que vive*），献给圣方济各的《至低无下》（*Le Très-Bas*），还有献给父亲的爱之书《苏醒》（*Ressusciter*）。

阿尔伯特·科恩（Albert Cohen）笔下的《魂断日内瓦》（*Belle du Seigneur*），这部文笔华丽的小说讲述了经常被误以为是爱的幻象与激情。

克里斯蒂亚娜·辛格（Christiane Singer）是爱情与同情的女祭司，她在《激情》（*Passion*）的字里行间重温了爱洛依丝致阿贝拉尔的信。

在《海伦的日记》(*Le journal d'Helen*)中,斯岱凡·埃塞尔(Stephane Hessel)的母亲道出了爱情的自由。

在保尔·艾吕雅(Paul Éluard)最后的几首爱情诗中,永恒的爱情熠熠生辉。

而对让·吉奥诺(Jean Giono)的《疯狂的幸福》(*Le Bonheur fou*)而言,浪漫的爱情之旅唯有一人能通过时间的考验。

还有一些书向我展示了人类的浩瀚:弗朗索瓦兹·多尔多(Françoise Dolto)的《行为是语言》(*Les comportements sont des langages*);乔治·果代克(Georg Groddeck)的《病人精神分析会议》(*Conférences psychanalytiques à l'usage des malades*);亚瑟·亚诺夫(Arthur Janov)的《原始尖叫》(*Le cri primal*)。这还没说到卡尔·荣格(Carl Jung)在象征方面极有分量的著作。除此之外,还有伊丽莎白·库伯勒·罗斯(Elisabeth Kübler-Ross)的《生命的记忆,永恒的记忆》(*Mémoire de vie, mémoire d'éternité*),保罗·瓦兹拉威克(Paul Watzlawick)的《变革的语言》(*Le langage du changement*),亚历山大·洛温(Alexander Lowen)的《生

物能》（*La Bio-Énergie*）也同样不能忘记。最后，还有我沉迷其中难以自拔的雅克·博基尔（Jacques Bergier）和路易·鲍维尔（Louis Pauwels）的《魔术师的早晨》（*Le Matin des magiciens*）。

有些书……

有些书深邃无比
让我们
感受到智慧的力量。

有些书激情洋溢
让我们
创造力迸发。

有些书唤醒我们的感官
燃起我们探索的兴趣，
直抵内心，甚至超越内心，
直到繁星露出微笑。

还有些书，超越想象，
让我们不停地向往
一个更人性的世界。

写作改变了我的人生

今年我八十二岁了，在将近四十五年的时间里，我写了七十多本书。常常有人跟我说或写信告诉我，我的一些书改变了许多人的人生。我并没有因此感到荣幸，相反，我对我的读者怀着一种深深的感激之情。不仅如此，我还明白了一件事：一本书永远有两个作者。一个是写书的，一个是读书的。

但我还想说，我的书也改变了我的人生。如果我没有花几个月甚至几年的时间去沉淀它们，我就不会是现在这个我了。没有人知道在纸上写下几个字，然后组织成句，重读，打磨，推敲，甚至勇敢地发表，需要耗费多少时间和精力。

写书，不仅是我在这个充满变革的人生中给自己定下的挑战，也是为了让我的读者由内而外地成长，帮助他们走出绝望的心境，不再做出伤害自己和他人的行为。简而言之，是为了让人们感觉到人生值得好好地活着。

六年前的一个书展上，当我在人类出版社的展台签售图书时，一个人向我走来。他是一个名副其实的高个子，大约有两米高，一看到我就大声喊了出来："啊！是您呀！萨洛梅！我得跟您说说，要是我十年前就遇见您，我一定要好好跟您讲讲道理！我们房间的床边到处都是您的书，我老婆还不停地跟我唠叨您写的东西：'萨洛梅会这样说，萨洛梅会那样做，萨洛梅会这样回答……'我可恨死您了！"说着说着，忽然一种情绪涌上了他的心头，"但三年前，您的一本书，《勇敢地做自己》（*Le Courage d'être soi*）救了我的命。"

在读者见面会后，常常会有一些夫妇在我签售图书时走过来跟我说："就是因为您写的两性关系的书《对我说……我有事情要告诉你》（*Parle-moi... j'ai des choses à te dire*），我们才没有分手。"在接下来的十分钟里，又会有另一对夫妇走过来说："哎呀，就是因为您的那本《对我说……我有事情要告诉你》，我才跟我丈夫（或妻子）离了婚，才有了现在的伴侣！"

不论人们决定在一起还是分开，这都是他们自己的选择。但他们可以通过不强迫自己，不伤害自己，尽可能倾听自己的真情实感，通过尊重自己来做出选择，这就是我的目标。

在五十多年的时间里，我收到了无数的反馈，我曾经完完整整地把它们保存在文件夹里。直到有一天，出于保护隐私的考虑，我把它们统统烧掉了。

很多反馈出乎我的意料。有些人想引用我的某句话，却引用得我都没认出来，但显然他们是按照他们自己的意思来理解的。但我没想到，这项有关孕育与重生的庞大“工程”已经开始了。一些读者已经开始着手改变自己的人际关系——和父母、配偶、孩子、同事的关系。然而，他们该如何清理自己的人际关系，如何抚慰创伤，如何与自己的童年和解呢？

我的书之所以承载着生命与希望，是因为它设定了一些关键的标准。而许多人都会发现，这些标准恰恰对发现自己的潜力和弱点至关重要。这些标准现已成为我心头挥之不去的信念：

◎ 明白生命是围绕相遇和分离的一连串的重生，而我们会把生命的大部分时间花在重生的过程中；

◎ 学会更好地爱自己，不是一种自恋的爱，而是一种善良、尊重和包容的爱；

◎ 学会更好地尊重自己，敢于拒绝，不受某人或某些人的定义，不在追逐利益的消费社会中被消费主义的潮流左右；

◎ 学会更好地承担责任；

◎ 学会更好地忠于自己的价值观、自己的承诺和生活的选择。

是的，有些书可以改变我们的人生，让我们尝试做出改变，甚至开始接受治疗。

是的，有些书可以改变我们的视角，扩大我们的视野，激发我们的欲望。

是的，有些书可以让我们重新审视自己的生活方式，指导我们在生活中做出选择，陪伴我们遵守诺言，让我们忠于自己。

写作的诗意芬芳

有一些书带我漫步进了无限的疆域。在那里，美丽、痛苦和爱不再是转瞬即逝的情感，而是多样的情感，围绕着我微微颤动……

克里斯蒂安·博班不仅知道如何驯服文字，还知道如何让文字相互靠近、结合，让它们互相交流，甚至让它们水乳交融。当文字碰触时，我们就无须多言，我们只需要谦虚地倾听，闭上眼睛，聆听文字在我们身上留下的无尽回响。

他的文字，就像献上礼物后内心的余震，这份礼物在给予和接受中，在从容和信任中，在自由和亲密中被放大了。

我们出席了一场名副其实的爱的盛宴，他则像是一名演奏高手，指尖跳动在无尽的词语琴键上。他谱写的曲子有萨拉班德舞曲、威尼斯船歌、奏鸣曲或思乡曲。

他将曲子致以那些曾将生命的瞬间献给他的人，他在曲子中揭示了生命中不为人知的节点，隐秘的憧憬，过去抑或现在的向往，最疯狂的梦想，残缺或者伤痕累累的记忆，以及焦灼的等待和相逢的期盼。但在他的字里行间萦绕最多的，还是希望。这不是每个人内心深处摇摆不定和无法预见的希望，而是一种更强大、更浓厚、更真实的东西，或许，这就叫作真正的希望。一种坚实、有形、可以触及的希望，突然就亲切地降临在我们身边。

当我们准备好敞开心扉去迎接希望、包容希望时，那些话语，那些埋在我们内心最深处的话语，那些自由奔向光明的话语，或者在生命绽放和徘徊时听到的话语，有时更能道出真谛，或诉说希望的可能……

信件的摘录

在与出版或新闻从业人员的交流中，我常常需要捍卫我的事业，强调对自身认识的必要性和追求与自己和谐共处的必要性。

受人本主义心理学的启发，我开始对内心世界进行真正的研究。我的研究课题和研究方法围绕人们日常生活中的人际沟通和自我沟通，不论其年龄、地位或未来的发展。我的目的就是陪伴，好让人们以更清晰、更敏锐的方式对生活中的选择和承诺负责。我提出一些具体的建议，让人们行动起来，一起参与到改善生活的进程当中，不止步于认识和思考……我提出一些切实可行的方案，帮助人们塑造自己，主宰自己的人生，做到坚定自己的立场，肯定自己，对生命负起责任。我为自己代言，决不被他人定义！

亲爱的先生：

我很高兴能和您进行探讨，毕竟您知道如何避开交流中的某些圈套。

在您全方位的询问过后，我总结一下，我的成功似乎可以提炼为以下几个因素：

◎ 我探讨的主题是如今男女都十分关心的问题：爱情的渺茫和脆弱、夫妻关系、亲子关系、与自我的关系，即如何更好地陪伴自己、尊重自己、勇敢地活出自我；

◎ 我不使用专业术语，而是用一种直接的语言，通过许多具体的例子，通过联想，甚至可能通过一种无意识的诗意的维度来阐述，这点得到了大家的肯定；

◎ 我热衷于研究人际关系，我认为人际关系是生命的汁液：如何表达自己，如何被别人理解，如何成为更好的自己，如何遇见一个更好的他人，即使这需要经历矛盾、徘徊、失望，甚至陷入困境。

与其说我是一个追求真理的唯灵论者，我倒觉得自己更像一个平凡的人文主义者。

我对“完美交流”和“良好交流”的论断始终保留着谨慎的怀疑态度。

祝好

雅克 · 萨洛梅敬上

另：如果您有一天经过普罗旺斯，请尽管来找我。我们可以继续探讨我们共同的热情：生命。

对书展的感受

书展是文学的灯塔。在书展上，作家与读者相遇，使两者的缘分顺着一份手稿、一个想法、一条简单的信息延续……

我常被邀请去参加法国和其他国家的书展，有时是在一些大城市，有时是在一些国家的偏远城市。

这是一个神奇的世界，坐落于一个城市的中心，常常支着巨大的白色顶棚。在几天的时间里，它就像一个藏满宝藏的巨型洞穴。所有的书都是令人称奇的珍宝，它们展示着自己的封面（必须强调这一点），加之令人浮想联翩的标题，尤其是那些作者的名字。因为观众正是朝着这些名字，朝着这些作者，或者我更喜欢说是朝着这些撰写者而来的。

“哎呀，原来是您呀……我原以为您会更高一点，年纪更大一点，更年轻，更严肃，更快乐，更……”他们想象中的“更”迎来了和现实版的对质。

这也是一种分享，这也是一种他们渴望建立的超越阅读的联系。我的作家同僚后来告诉我，当作家与读者们共进早餐或午餐的时候，会分享彼此的感觉，彼此的感情和彼此的快乐。

很久以前，我就明白一本书是由……两个人，甚至是许多人一起撰写的。书展是两个作者（作者和读者），甚至可以说是同一本书的许多作者相遇的奇妙之地。

我逐渐意识到，写作是一项孤独的工作，有热情也有怀疑，有光明也有黑暗。我想深情地说，我们是多么需要这场相逢，多么想要听到作品的回音。

我惊讶却又感激地发现，读者为了走得更远，动用了多少自己的创造力和自由去尝试抓住文字。而在阅读中走得越远，也就意味着离自己的心更近。

当我在书上签下名字时，我想给每个人准备一份不同的致辞，我是在以自己的方式回报这份感激。

我们这些作家来到书展上是为了陪伴并支持我们的新生儿。一本新书就像一个孩子，我们必须握住他的手，带他迈出人生的第一步。

我衷心祝愿这种活动能一直举办下去，能得到所有人的鼓励和支持，并进一步跨大规模。我也希望，它不仅能促成读者见面会，也能推动新的写作项目，带来新的阅读期望和新的生活憧憬。

坚持写日记

写作是每一个人都具备的能力。它可以从一个词到一个句子，可以是一封文笔生硬（或优美）的情书，一封指责邻居家每天凌晨三点半的犬吠的诉状，抑或是一封寄给喜欢（或厌恶）的电视台的反馈意见。

无论在任何年纪，我们都可以写日记。有些人从十几岁的时候开始写，有些人会晚一些，或在搬家的时候，或在孩子降临的时候，或当分手的时候，当我们想要思考人生或留下生活痕迹的时候，无论多晚，我们总会有一个开始。

私人日记——这个名字并不能指出其全部含义——是一篇包罗隐私和其他一切的记事。自我倾诉是最难做到的。而写日记的挑战之一，便是要冒着这样的风险，去理解自己、倾听自己，尤其要更好地了解自己。虽然这是一种无须读者的写作，但是它却可以使我们成为一个支持并忠于作者的、完整的、有意识、有要求的对话者。

重读自己写下的文字，是为了了解自己，并最终理解自己行为的意义。写作多少都有一种治愈的能力，有时，它可以让你更好地了解自己。

写作，是让文字在抽象中成型，是把一盏爱之灯点亮，是让我们的想法像孩子一样在无尽的感觉、思想、情感和感知的风中游戏，它是当下的一次崭新的深呼吸，有时又是与过去的和解，或是照亮未来之路的点点星火。

写作，是在沙丘上耕耘，是啜饮海市蜃楼里的甘露。

写作，是拖着疲惫的双脚前行，是在爱人身上留下印记，是牢牢抓住一个将要陨落的梦想。

你看，写作就是紧紧咬住对未来的展望。它试图在短暂的一瞬中留下燃烧的痕迹。

所以，别再犹豫了，写下一个字，再写下另一个。让这些文字相互发现，相互驯服，水乳交融，琴瑟和谐，直到诞生出一个又一个句子。

不要惧怕文字，它们常常会害羞地等着你。尽管它们静静地等待着，但它们依旧迫切地想要被表达。它们仅仅只是想要表达，只是想要脱离你的躯体，陪伴在你身旁，和你一起共舞，憧憬，走下去。

然后，花点时间重读自己的日记，做点补充，丰富内容，选取一个新的视角，用未来的每一份热情滋润你写下的每一个文字。

写作是每一天以另一种方式重生。

在这里，无论如何，你都可以把你的想法、欲望、期盼和问题转变成文字，把它们写成叙述、诗歌或亦真亦假的故事，这些都不是重点！

写作就是给自己一个独特的空间，活在唯一值得的自由当中，即自由地做自己。

致读者的感谢信

致我亲爱的读者：

我从一个遥远又比邻的国度写信给你，

那里有我的脆弱和敏感，

那里有我面对无尽资源的兴奋与怀疑，

尽管这与我成为的那个人不时矛盾。

写信给你，是我在生命中迎接的一个无声挑战，

我蜷缩在你的鼓励里，

我蜷缩在你亲切的目光中，

表达着自己的敬意，将自己与你维系。

我秘密地给你写信，

向你诉说每一次相逢时的热情，

向你证明是你给予了我根基，

给我的存在增添意义与坚毅。

当我想你时，当我想起这些信，

我想象着文字在信中流淌，

沉淀下和谐的共识，

我的热情涌向你的珍宝。

我于是喜欢思考，以迎接你热情的文字。

当我放下自己的确信，

当我接受你的质询，

我并不需要消除不同。

那些我们彼此都有的不同。

当每个人都想为自己发声，

当一个振奋我的词丰富了自己的含义，

呈现到你面前的时候，它成了行为；

当它倾吐心声的时候，它成了萌芽。

我就是在这样给你写信，借助生命的话语，

打开通往更好的自我的奇特道路，

等待着更好的别人，也时而等待着更好的你。

写作，是把自我呈现给世界，

有时是一个词，一个句子，有时是成千上万页。

写作，是我生命中至关重要的部分，

它犹如一盏明灯，照亮我追寻生命的道路。

写作，是尝试进行自我倾诉，

无限接近自己的发现，无限远离自己的潜在，

就这样靠近你，

以最近的距离聆听你的倾诉，

以最灵敏的感觉迎接你的内在。

我带着快乐与你交谈，给你写信，

时而向你传递个人和私密的消息，

时而传递更加开放、挑衅、严肃或随意的消息，

我邀请你在交流中毫无保留地分享，

不是分享我们的所知、所见、所闻，

而是我们在倾听自己时的感受、觉察和发现。

我带着感情和感受给你写信，

带着一种难以觉察的情感，

带着天空或灵魂的蓝色，

带着光线或云朵的灰色，

带着献给你的模糊的微笑，

以不停地滋养我们生命中的活力。

一本书总有许多作者：有写它的，也有读它的，

他们以自己的方式延续或重建着这本书，

抑或忘记，以便在以后重拾，最终理解。

有些人在等待它发芽，等待它成熟。

还有些人带它踏上漫漫长途，让朋友也发现它的存在。

亲爱的读者和作家，对你们的感激延长了我的生命。

在大胆的相逢和分享之后，

偶遇一个词，

偶遇一个凝视，

有时被你内心深处的那个我的声音所感动。

在接受尊重彼此的邀请之后，

大胆地走得更远，以无限接近我们每一个人的奇迹。

因此，我继续写信，

这就是我给自己的挑战，

为了照亮希望之星，

为了让你微笑，内心成长，

让你跨越某些怀疑、绝望和信仰，

让你流露自信的眼神，

让你建立更加健康的关系，

让你成为你生活的合著者，

让你感觉生命值得好好地活下去！

我就此写下了我对我们未来每一次相逢的欣喜。

沟通，为了更好地生活

Communiquer pour mieux vivre

沟通，就是分享

“我们应该成为意义的仆人，而不是接受信息的奴隶。”

——伊万·阿马尔（Yvan Amar）

在过去的半个世纪里，我一直在讲人际关系的沟通，也一直在强调建立生态型关系的必要性。现在，我还是经常被问道：“对你来说，什么才是真正的沟通？”

虽然冒着唠叨的风险，但我还是想强调，交流在人际关系中意味着“分享”。在这一方面，首要的问题应该是：“分享什么？”我是去分享会让关系失去活力的抱怨、指责和控诉？还是分享会滋润并推进核心关系的激情、邀请与肯定？对这个问题的回答可以使我们更准确、更友好地处理那些维系我们之间的重要关系。而在这里，我指的是维系我们与他人，以及与整个宇宙的最基本的关系。

为了更好地认识这一点，请你关注这个问题：我们的关系是如何在一生中形成、发展并建立的？然后我们就能发现，在一个又一个的关系中，其实存在着一种重要的“关系管道清理系统”，毕竟有些关系有时会拖累、侵犯甚至伤害我们，甚至长时间在我们身上留下印记。其实，我们更需要进行清理和调整一些维系我们生活的基本关系：与父母的关系、与同学和老师的关系、与爱人的关系、与孩子的关系，还有私人关系、职业关系、与自己的关系、与地球的关系，以及对某些人而言，与神灵的关系。

我认为，生命的一大挑战就在于如何最大限度地清理、净化这些关系；如何消除对关系有害的各种争执，和最好的自己达成和解，同时也和他人最好的一面分享这一段关系。

“你说的话中，我理解了这些”

交流，产生了两种可能性。最好的情况是两者互惠，即于我和于对话者，交流都是有价值的。一边能够表达，一边能够感到被理解。能够表达不同的维度：我的想法、我生命中过往的事件、我的感觉或亲身经历、我的情绪、我同他人交流时所产生的共鸣。能够感到我所说的维度被理解：比如，当我表达一种感觉时，即使对方不是这种感觉，我也希望对方能够理解这种感觉。

我们得明白，沟通的盲点在于倾听。而我们不擅于倾听，倾听和理解的前提是不以自我为中心。在交流时，我们常常会因为被对方的话触动，或回想起我们的过往经历，而倾向于进行回应或进行反驳，不把对方的话听进去。“我刚刚才知道我最好的朋友出了车祸……”，另一个人回应道：“这个呀，我也遇到过，两年前，我差点就出事了。”但这里的重点既不是我朋友的事故，也不是另一个人的事故，而是朋友的事故对我造成了触动，才让我有了想要表达的欲望。

我们同样要记住，在任何交流中，我们都不能把表达和质疑混为一谈。“在得知你把我们的隐私告诉朋友时，我尝试跟你表达我的感觉和感受，我并不是想质疑你，而是想与你分享我受伤的心。如果你立刻开始辩解，我就无法表达了。”

这是婚姻生活中最常见的误解之一，而误解会让我们感受到一种难以被至亲理解的痛苦。

我们要做到积极地倾听，这是一种以说话者为中心的倾听，而不是以问题或话语为中心的倾听。以孩子们为例，他们做了什么或没做什么并不是最重要的，最重要的是他们的心路历程。

“我很担心，我妈妈去看了医生，医生觉得她得了癌症……”这句话的重点在于萦绕在她脑海和童年记忆中的担忧，在于对母亲患癌的忧虑。而她希望被理解的正是这种感觉。

交流的质量和深度取决于我所说的“参与性倾听”，即能够“重新给予”，对刚跟我们说话的人说：“你说的话中，我理解了这些。”可以避免信息在表达和接收的过程中发生偏移。

所有的人际交流都是围绕以下四点进行的，要想实现信息的“完全”交流，就必须要做到：

◎ 敢于要求

◎ 敢于给予

◎ 敢于接受

◎ 敢于拒绝

一旦缺失其中之一，沟通就难以完整，双方的关系也就常常会因此遭受痛苦。

如何清理我们的关系网

重要的关系和我们的健康状况之间有着惊人的同步。生活中，重要关系（与父母、与同学老师、与伴侣、与同事、与自己的关系）的质量与我们的身体健康密切相关。

事实上，沉默往往会唤醒邪恶的暴力。譬如，在某些沟通中，那些难以解决或摆脱的问题会扰乱我的心绪，有时甚至会让我感觉在一段关系中，缺乏独立，自我扭曲，这些感觉都可以通过疼痛、意外和重要器官（心、肝、胃、背部、膀胱、躯体等等）的机能障碍表现出来。换言之，疾病是一种象征性的语言，一种隐喻性的语言，而我们的身体倾向于通过这种语言与我们进行沟通，借此机会大声说出无法言说或无法忍受的东西。

这就是我请你清理关系网的原因，我曾在之前的一篇文章中提到过（见《沟通，就是分享》），这种清理对于我们生活中任何一段重要关系都必不可少。这种清理有助于我们把别人施加在我们身上的伤害释放出去，以象征性的方式（借助明确而有象征意义的物品和话语）将他们对我们施加的暴力行为、手势和态度排解出去。我认为这是至关重要的一步，因为这能让我们重新找回力量，重塑自我形象，重获自信和自尊，让我们更加地爱自己。

为了进行这种清理，或者说为了整理我们对人际关系的需求，我们首先要划清欲望和需求的界限。我们常常倾向于把欲望放在第一位，而忽视了我们的实际需求。

其次，我们要明白需求也分不同的种类：首要的生存需求（吃、喝、睡、穿、人身安全……）和人际关系需求。对人际关系的需求将我们与他人联系起来，使我们成为社会中的一份子。

在这里，我将简要回顾下维系我们与他人关系的七个主要关系需求：

◎ 表达的需求：有话对自己说；

◎ 被倾听的需求：倾听我所表达的维度；

◎ 被认可的需求：我是什么样的人，而不是别人想让我成为什么样的人；

◎ 被重视的需求：感觉自己有价值；

◎ 对隐私的需求：尊重我的信仰、价值观、空间和时间；

◎ 影响和创造的需求：可以对我的环境进行改变（如今这个需求常常受到压制：我们作为消费者往往会被操控，作为公民往往信息受限……）；

◎ 梦想的需求：期待任何关系都能得到改善。

当然，我们可能还有其他需求，但在我看来，这七种需求构成了我们生命的核心，如果对这些需求缺乏了解或处理不好会对我们的性格和关系造成严重影响。

两个关键步骤

为了建立有利于个人发展的高质量的关系，以下两种方法非常关键。

◎ 不断提高我们改变的能力，以免落入交流中最常见的圈套，即指责别人（“这是你的错，你什么都不懂，你总觉得你是对的”）或指责自己（“是的，但是，我没有接受过你那样的教育，我的父母也和你的不一样，他们已经离婚了，我的环境也不利于我增加收入”）。

◎ 开始一项个人的工作，明白在任何年龄都可以学习沟通，也就是学习分享。通过这种方式，我们可以内化一些方法，学会一些简单且可传播的关系清理规则。例如，明白在一个交流过程中总是有三个方面：我、对方、我们之间的关系。这种关系是双向的：我要对我的这一端负责，对方要对他的那一端负责！

这就是我传授的“艾斯贝尔”法（ESPERE®）。ESPERE是一个缩写词，表示“基本关系生态的特定能量”（Énergie Spécifique pour une Écologie Relationnelle Essentielle）。关键词是“关系生态”，即构建一种互惠、双赢的关系。在这种关系中，双方都可以接受和给予，接纳或拒绝，双方都能拥有自己的立场，定义自己，肯定自己的想法、去信仰、去经历，去表达自己的真情实感。

我们是沟通的失败者

今天，我们遭受着许多痛苦，但我觉得，我们最主要、最当前、最隐蔽的痛苦还是在于越来越清楚地意识到自己是孤独的，我们只能依靠自己。我们过去的依靠（宗教信仰、家庭、亲人、社群）已经解体，不再可靠。

很明显，我们还会失去方向，丧失结构性价值（如今，主流价值似乎就在于反抗），目睹镜中的孤独（最糟糕的孤独不是自己独处，而是厌倦了自己陪伴自己，而这常常是因为我们成了那个我们无法接受的人）。

我们遭受的主要是一种隐性的、无声的痛苦，这种痛苦是由于我们周围的环境（家庭、学校、社会）没有回应我们对重要关系的需求而导致的。我们生活在一个消费型的社会里，在这个社会里，许多愿望可以很快就得到满足（当然是有钱的情况下！）。然而与此同时，我们却严重忽视了自己表达的需求。同样，被倾听的需求也未尝得到满足。好好倾听当下，是自我表达和被正确倾听的前提。

痛苦最本质的根源是缺乏方向。无论是儿童还是成人，如果他们长时间保持焦虑（除非是让我们充满干劲的、健康的焦虑），也就意味着他们对周围或社会环境缺乏方向和反应。没有立足点，没有稳定的方向，没有对比。在我看来，这些问题的根源来源于我们成长过程中的某个特定时刻。在人的发展过程中，有一个构建自己与世界的关系的基本阶段。我把这个阶段称为“关系断乳期”。

婴儿或孩子会以为自己是世界的中心，一切都围绕着他转。他的妈妈什么都会为他打理，会满足他的所有需求，有时且只为他一人服务。但当他突然意识到这个妈妈也会让他失望，不会对他有求必应，会限制或禁止他做某事的时候，他就将经历“关系断乳期”。我想请读者明确区分一下这两个角色：母亲是满足欲望的人，母亲是满足需求的人。

然而在过去的几十年里，父母更倾向于满足孩子的欲望，而忘记了他们首先要满足孩子的需求。今天，许多明显和隐性的焦虑，与儿童及其父母所面对的可怕的欲望脱不了干系。父母会感觉到孩子的欲望已经超出了自己的承受能力，再也无法满足他们。因为这是一个恶性循环：你越是满足孩子的欲望，欲望就越得不到满足，由于欲望是无法被满足的，关键的需求也就越得不到满足。这就是焦虑的双重根源，长此以往，焦虑就会演化成痛苦：欲望一直没能得到满足，未满足的需求又会导致怀疑的产生，导致缺乏信任，缺少自爱。如果我们再大致推测一下未来，我们会发现未来很可能是充满暴力而无法控制的，我们看到，这一切都有可能加剧年轻人和成年人的焦虑。

无论是在法国、北非、魁北克还是在日本，我都发现了同样的空白，尽管形式不一。所以我认为，世界各地的人们还有许多都不太擅长沟通。

消耗型沟通的时代

今天，我们比以往任何时候都可以更自由地表达……但是表达什么呢？说给谁听呢？有什么风险呢？

我们在过去的几十年混淆了“表达”和“沟通”这两种行为。与过去相比，我们的表达有了惊人的自由度，可以发生在许多领域和方向，不受时间、地点和主题的限制。当我们走在大街上，乘坐公共交通出行，在店里排队结账的时候，我们不可能看不到身边许多的“手机控”，一手拿着手机贴着耳朵，一手大幅度地做着手势，以便跟数千公里（甚至几步）开外的交谈者进行更好的解释、说服或者简单的争论。

我们常常有能力表达自己，但我们不一定知道如何进行更好地沟通……沟通需要具备一些其他的能力；沟通是建立在要求、给予、接受和拒绝的共同的基础上的。沟通意味着交替进行倾听和表达，需要建立一种互惠性，建立一种可以转化为关系并能持续一段时间的联系。

当下，沟通可能会落入固化、千篇一律的陷阱，往往与我们的实际期望相去甚远。譬如，请你想象一下，我们可能会从某些祖父母的电话答录机中听到：

“你好，我们现在不在。请在哔声过后按提示音进行留言，谢谢。

◎ 如果你是我们的孩子，请按1；

◎ 如果你需要我们照顾你的孩子，请按2，然后说出他们的名字；

◎ 如果你想借车，请按3，然后说明你的行程时间；

◎ 如果你想让我们帮你洗衣服或熨烫衣服，请按4；

◎ 如果你想让孩子借宿在我们家，请按5，然后说明哪一天；

◎ 如果你想让我们去学校接孩子，请按6；

◎ 如果你想让我们在下周日准备蛋糕，请按7；

◎ 如果你们都愿意来我们家参加晚宴，请按8，然后告诉我们日期和人数；

◎ 如果你需要借钱，请按9，然后说明金额；

◎ 现在，如果你就是我们的一个朋友，你可以在你方便的时候就开始留言。”

有时，我们会在某些答录机上听到这样的信息，这些信息循环不断，直让我们抓狂，给我们带来一种不愉快的感觉，仿佛我们不作为任何人而存在，而且还浪费我们的时间。多令人失望呀！毕竟在按了 1、2、3 和 4 之后，我们又回到了 1，尽管 1 给了我们关于 2、3 和 4 的非常有价值的信息，但还是没有回答我们的问题。

也许，是时候回归到关系型的沟通上了，回归到一种能将我们联系起来，让我们成长，让我们发展，能证明我们有身体、有心灵、有思想的沟通上。

夫妻关系

Le couple, toujours le couple

为什么沟通看上去很难？

在我们的文化中，沟通是自然、自发的，是理所当然的。然而，我们能看到建立和维持一段良好的关系有多么的困难。除了分享生活经历、感受或想法之外，存在许多障碍阻碍了交流。我们不仅要表现得热情，还需要在见面时做到聚精会神地倾听信息和接收信息，尤其要做到关注对方，以便更好地倾听对方内心的感受。于是，我们会发现自己是人际关系的弱者，我们不敢再继续走向下个需要承担责任的阶段。

在这里，我将根据我作为人际关系导师的经验，尝试用几行文字（太短了）做一个概述，发现沟通的难度所在，也就是“分享”的难度所在。

我们会发现，身边有些人的情商不高，每当有人向他们抛出个人话题或敏感话题时，他们就会用笑话带过，避之不谈。许多人在童年时遭受过暴力和限制，他们保留了潜意识里的压抑和抑制。这使得他们即便在成年之后，也很难去表达自己，倾诉自己，流露自己的真情实感，不敢和他人分享自己内心的困扰和忧虑……有时，我们需要进行一场关系型教育，让人们敢于要求、敢于给予、敢于接受并敢于拒绝，这是创造型沟通和活力型沟通的四大支柱。

一对夫妻间的沟通难度似乎更大。这是因为要想从恋爱关系过渡到夫妻关系至少需要四个条件，而双方并不一定都具备这四个条件：

◎ 结合的能力（要做到这一点，我们需要松开先前的重要关系：与父母的关系，与前女友或前男友的关系等等）；

◎ 付出的能力（为此，我们要保持足够的情感独立和物质独立，不让自己的需求或欲望完全依赖于他人）；

◎ 对未来的预判能力（基于彼此对生活的期待和矛盾，对未来的共同生活进行预判）；

◎ 发展一段爱情之外，对彼此都充满活力和激情的关系的能力（在这种关系中，积极的信息要战胜负面的信息）。

然而，矛盾的是，亲密关系和私密关系会唤醒童年的创伤，使得两个成年人变成一个成年人和一个“大孩子”。

事实上，我们还处于亲密关系前期时，就过早地进入了夫妻生活。当我们投入到一段关系中时，必要的分享（表达和被倾听）还不存在，要求、给予、接受、拒绝（一段和谐关系中的四大支柱）之间重要的平衡还要在日常生活中慢慢建立。

人际关系的健康守则

夫妻间的沟通不是一个意愿的问题，而是一个涉及人际交往的健康守则的具体实践。

从我收到的反馈来看，朋友之间的沟通比夫妻之间来得容易。无论这段友谊是过去的还是新建立的，只要这段友谊是真实的，双方就更容易沟通。这种沟通是基于零批判的沟通，双方需要无条件地接受对方，让对方感觉到自己不会失去这个朋友，而且他也知道如何满足对方的期望，并且不会因彼此的矛盾而受伤。

在一段友谊中，力量的冲突被最小化。双方的角色已经建立，并且已经被对方所接受，但夫妻间的沟通并不是这样。我们会害怕伤害对方，害怕失去爱人，害怕不能被理解。因此，许多夫妻之间有很多难言之隐。久而久之，正是这些无声的忧虑影响了关系，让这份关系逐渐失去了活力。

当两个人的沟通中断时，要想恢复这种沟通，双方不仅要有意愿，还要有一种表达和倾听的欲望。我们可以先尝试迈出第一步，对以下问题做出回答（双方先各自回答，然后比较答案）。

◎ 我对你最主要的期望有哪些？

◎ 我为你（只为你，而不为别人）付出了什么？

◎ 我的底线和弱点在哪里？我有哪些敏感点是一被触及，就会感到受伤、分心、抓狂的？

从这里，夫妻双方可以看到，在投入与期望、期望与底线……之间存在着许多（或很少）的共同点。

然后，我们就可以开始遵守一些人际交往的健康守则了：

◎ 不要谈论对方，而要跟对方谈论（也就是谈论自己）；

◎ 不要讨论、贬低或削弱对方的感觉和信念（感觉和信念属于他人，即使我们有着不同的感觉和信念）；

◎ 每次尽可能尝试表达与事实相关的亲身感受，重要的不是发生了什么，而是每个人是如何经历、如何感受的；

◎ 敢于提出要求，并敢于直面对方的反应（但不要因为对方爱我们就认为这是理所当然的！）；

◎ 当对方的提议或话语不符合我们的期望或价值观时，敢于说“不”。

人际交往的健康守则是“艾斯贝尔”法（ESPERE®）的主体，从我提出开始到现在已经历了四十多年的时间，这样看似简单的阐述（很多人觉得太过简单，以致不管用），一旦付诸实施（这是最勇敢的！），却能颠覆固有的思维习惯，打破绝大部分的心理禁锢以及改变我们在人际关系和沟通领域的表现。

如何让夫妻关系更长久

伴侣双方要想长期生活在一起，除了需要（最好是相互的）感情以外，还需要遵守一些人际交往的健康守则来滋润和刺激这段关系。这样，他们才能一方面表达自己，被对方倾听，一方面由内而外地成长，成为更好的自己，也能遇见更好的对方。在日常生活中（在餐桌上，在卧室中，在浴室里，在去度假的车上）遵守这些基本的关系准则，将有利于促进夫妻关系保持活力和稳定。

首先要明白，长时间维持夫妻关系的不是爱情，而是高质量的沟通和分享，而要达到这个质量则要求我们不仅要接受对方陈述的事实（对你来说，发生了什么？对我来说，发生了什么？），还要接受对方的感受（我感觉到了什么？体验到了什么？），以及回忆（这让我想起我过去的经历），联想，甚至是幻想（这激发了我的想象、欲望和恐惧），在理清这些之后，每个人都可以尝试我提出的人际交往的健康守则。

这些守则是可以传递的，而且每个人都可以根据自己的节奏、敏感度和空闲时间对其进行调整。如果双方能够对这些守则进行有计划的学习、内化，并相互提议，那么这些守则可以由伴侣双方共同探索。同时，我们还要知道，整个过程是以双方互惠交流的愿望为前提的，不存在支配与被支配的关系，也不存在反复强迫或恐吓的行为，更不能剥夺对方的话语、想法、感受、计划。这也意味着我们不能再激化“消耗型”的冲突和无用的争执，这样才有助于接受双方的潜能、优点和局限，才能认识到共同生活中所面临的矛盾和难以忍受之处。

夫妻共同生活，就是要在同一个区域内，拥有对生活共同的规划，就是要接受一种包含协商和承诺的亲密生活，就是构建了一个新的经济实体和其他利害关系。这也意味着要试着从（或不从）两个人的关系过渡到更广泛的关系，包括给予孩子生命，从而超越夫妻生活，建立（或不建立）一个家庭。

夫妻间有许多的可能，需要双方通过开放式的分享（也就是“沟通”）、充分的自由和尽可能开放的互惠来进行探索和深化。这就需要我们关注沟通的质量，尤其是双方基本的关系需求：表达的需求、被倾听的需求、被认可的需求、被重视的需求、对周围环境产生一定影响的需求、在亲密关系中获得尊重的需求、以及一起梦想的需求。

许多伴侣的主要问题在于，他们在没有充分“注意”到对方的弱点的情况下，就“实现”了共同生活。当然，每个人都可能是出于积极的意图、良好的意愿和当时的真情实感。然而，有多少次，人们会对某种突发的行为感到震惊，想起旧时的创伤，而感到无助或无能为力？

因此，每个人都应学会并运用一些简单明了的方法和标准，在相互尊重对方的期望、付出和底线的前提下，建立一种特定的关系：一种持续相互付出的关系。我们来看看有哪些方法。

◎ 我们要记住，在每次的沟通中都存在三个方面：对方、我、我们之间的关系。这种关系因对彼此都很重要而有着特定的需求，有时甚至与双方各自的需求截然不同。这层关系必须得到保护、维持和强化。我们必须小心对待，不要对彼此进行命令、威胁、贬低或指责。

◎ 接受决策权的交替。如果总是由一个人做决策，约束对方，为对方做决定，那么这段关系几年之内就会变得枯燥乏味，失去活力。

◎ 更好地区分“对他人的期望”和“对他人的欲望”。把自己的要求和欲望强加于对方，让他相信“如果他真的爱我们，他就应该满足我的需求和欲望”，这是一种“关系型恐怖主义”。虽然我们可以以爱之名把夹杂太多负面因素的关系强加给对方，但这很快就会让对方难以承受。

◎ 夫妻双方都要明确他们的期望、付出和底线。通过这种方式，我们可以确认一个人的期望是否与另一个人的付出相匹配。不要超出对方的底线！

◎ 不要将感情和关系混为一谈。事实上，你可以非常爱你的伴侣，但你也可能与对方建立了一段不符合其期望或价值观的关系，这会使这段关系在日常生活中越来越难以维持。

我请正准备开始共同生活的伴侣，围绕以上几点，就彼此的想法和立场进行交流、分享和比较。认识到可能存在的共识、分歧，抑或是底线。夫妻生活是一种重要、美妙的经历，能带来一些恍若新生的发现。但我们也清楚，任何一段婚姻关系都可能很快会充满争执，给伴侣（但不仅仅是伴侣双方）带来压力。这就像是一个瞬息万变的熔炉，以不同的速度、不同的时间和不同的方向发生着反应。

我们不能忘记，夫妻仍然是一个通过创造新生命来构建美好未来的基本单元！让我们学会在当下体验与伴侣的共同生活，建立一段超越情感，充满高度热情和警惕心的高质量的关系！

让我们记住，在恋爱关系中，最重要的不是让对方感到快乐，而是能够和对方一起快乐，在日常生活中和对方分享自己的快乐……

当今男女的性与爱

首先，我们必须清楚性至少有两种形式：女性的性和男性的性！

今天，女性对性的诉求似乎在不断地增加，她们不再隐藏自己的渴望和要求，比我年轻时遇见的女性更能自由地表达自己的性。

她们的要求很高。她们不仅在寻找一种愉悦，一种情感、感官和性爱的分享，她们还在寻找一个可以交流、对话、大胆表达和被倾听的关系型伴侣！她们为了克服困难，甚至还会毫不犹豫地咨询人际关系协会，并且参与其中！

在我收到的反馈中，女性提到了自己的震惊与失望。有时，她们对某些男人“粗鲁”（而非“原始”）的行为感到沮丧。“很少有前戏，没有建立关系，急于切入正题，常常担心表现不佳。”“很多人难以流露出感情，或者至少是一种亲近的感觉……”

20 世纪 70 至 90 年代兴起的所谓的“性革命”最初主要受益于男性，他们以为自己的行为可以发展成一种肆无忌惮的消费，而不是一种让伴侣更加满意的行为。

男性在这方面很少进行表达，很少流露出自己的怀疑和担忧，更不用说自己的缺陷（性欲低下、阳痿、早泄、或疲软）。很少有人敢承认自己的性经历，也很少有人敢和伴侣谈论自己的欲望，敢完全自由地分享彼此的愉悦，敢顺从自己身体的私处。

这是我最近从一名男性那里得到的反馈。

> 萨洛梅先生：
>
> 我认真看了您关于“潮吹”的视频。然后重读了您《源效应》（*L'effet source*）的书。我很高兴看到越来越多的人在谈论这个话题。更何况是一位能言善辩的男性。我害怕被认为自以为是，所以从不谈论这个话题。我今年 51 岁了，在大概 15 年前知道了这种现象。今天，我相信所有的女性都具备这种潜力，如果我可以这么形容的话。我的情况挺不稳定的，但我还在不断地打胜仗（我并不因此感到骄傲，但事情就

是这样）。我可以向您保证，我遇到的十个女人中至少有七个有过这种经历。我只是想通过我的例子说明这是完全可能的，即使“打水者”（就像您说的）并非一定是恋人。我还想补充并强调，所有成为女人的人都觉得自己经历过性高潮或快感。而当事情发生的时候，她们真的很惊讶。这是我第一次谈论这种事！但愿能派上点用处！

祝好。

A.V.

在我看来，要想实现双方性爱的共生，从而进行相互探索、发展并实现夫妻双方的性满足，还有很长很长的路要走。

虽然有些人认为“性革命已经失败”这种论断有些过了，但大量、反复的证据表明，一些夫妻正在这方面遭受着折磨。亲密关系正在因为缺乏身体的接触而变得枯竭，而正是在这种接触中，欲望才可以碰撞、发展和相互升华。

今天，性爱似乎仍然建立在太多的焦虑之上。女性的焦虑在于不知道如何接受，不知道如何发展，不知道如何建立信任。害怕被抛弃是大多数人难以接受爱情的根源，也因此成为女性难以为了愉悦而建立信任的根源。

男性的焦虑则在于害怕过早地发生疲软，这就会使男性渴望尽快地进入，而没有给伴侣足够的时间来唤醒自己的欲望，并充分发挥自己的欲望。因而，男性也就难以满足伴侣的欲望。

当下的发展——但我不确定是否构成了决定性的因素——使得性欲无处不在，使得消费品、食物、娱乐或假期带有更多性的意味，但很多刺激不一定会唤醒感官。反而对性至关重要的幻想被封闭起来，多少有点失活。

在亲密关系中，如何更好地掌握从性的交流过渡到性的和谐，是我们需要接受的一项挑战。

如果爱情是不同于我们想象的一种冒险？

当我们相爱的时候，会产生一种幻觉，以为在对方眼里，我们是不可代替的；以为他会以一种前所未有的方式理解我们，会填补我们最深层、最亲密的愿望；以为我们会实现共同的发展，一起成为更好的自己。并且，作为回报，我们会把自己少见和特殊的一面呈现给他，以为他也会因长时间的等待和寻觅，就无条件地接受我们。

很多时候，一切就是这样发生的。

这是因为我们选择性忽略和选择性关注某些方面的能力，就像爱情的迷药一样，远远超过了迄今为止所有已知药物的药效。

当我们爱上一个人或感到被爱的时候，我们会感觉生活似乎有了意义、方向和根基。所有这一切都围绕、集中在那个人的身上，他似乎在等待着我们，在人生的道路上，只等待着我们。当我们用未来的眼光看待这份爱情，憧憬着一段持久的关系时，我们会感觉爱情已经明显地实现、成熟、拓展和深化。虽然这在以后可能会被证明是一种错觉，但在爱情的初始阶段，发现这个错觉还为时尚早。

事实上，在每一段爱情关系中，总有那么一刻，我们会（相对快速地）发现甚至是经历一种双重的、痛苦的无助感：一种无法将梦想、美妙和无限的东西完全给予对方的无奈。甚至是，一种感到对方并不总是能够接受这些梦想，并把它升华和放大的无奈。我们会发现对方无法回报，无法给我们一种凝聚感、满足感，一种可以实现更好的自我的感觉。于是，我们试着克服这种无助感，和他或为他做很多事，让自己相信我们可以和对方分享彼此最好的一面。而恰恰正是这种“想要一起做”的意愿为彼此面临的困难提供了解决方案。

我们同样相信，我们可以克服内心的个人主义和过于独立的部分。然而却恰恰是这两个因素赋予我们欲望，让对方寻找到我们。当对方不会因为我们的距离感或缺点而失望或退缩时，我们就知道，我们有能力共同成长，共同建设一个只属于我们的未来。

自此，一切都是可能的……对信任的期待、对长久的期待。希望永远生活在一起，共同生活，好的一面会持续一段时间，坏的一面也是如此。一开始，共同生活都是美好的，而后好的一面有时会破灭，直至双方都难以忍受……糟糕的一面有很多形式，它不会像公开宣战的敌人那样出现，而是显现在一段日常关系的阴暗和曲折之处。

“我以为爱他就够了；我以为我的爱会化解所有的风险；会修复错误、消除误解、平复不愉快；我以为爱会治愈由我们的愚蠢所造成的大大小小的伤痛。起初，一切都是这样的……直到我发现是我在做大部分的工作……是我用千真万确的热情在爱他，然而这却不足以维持我们之间的关系，我们的关系已经破裂，失去了活力……”

正如我们所看到的，爱情的一个隐性使命就是让我们独立自主，让我们正视童年的空白和创伤，最终接受它们，而不是总把它们强加于对方。

爱情不仅能揭示我们情感上的不成熟，而且还能有力地促进一种必要而不可缺少的变革。尽管它有时暴力，但它永远充满着生机。从这个意义上来说，爱情，无论它的未来是怎样的，都是一种需要经历的冒险。它可以让我们的潜能得到开发和发展，给我们带来新生。如果我们知道如何接受爱情，如何不因无法避免的失望、沮丧而退缩和受伤，那么，即使未来是我们难以预料的，也可以充满无尽的活力……

如何处理与对方父母的关系？

的确，家庭成员之间有团结，有支持，有优待，也多少有些有力而持久的羁绊。与亲人的重逢、共识与合作能带来快乐。但亲人之间也会有所保留，甚至持有不同的立场。我们的视野如此不同，似乎很难让每个人都意见一致，达成共识。这些共识在一些人眼里是显而易见的，但在另一些人眼里可能是难以接受的。

当男人和女人组成家庭时，他们会把自己的原生家庭牵扯进自己的身心中。双方都来自并包裹于一个复杂的关系系统。他们将共同构建一个全新的、更紧密的系统：核心家庭。我想提醒大家的是，在这个新的“核心”中，两代人的故事会延伸出无数可见的分支和隐形的分支。无论这个新组建的家庭和原生家庭之间距离多少公里，无论它们远距离或近距离的关系质量如何，它们都将继续存在于双方的观念之中，影响夫妻关系及以后对孩子的态度。

请你“倾听”一下你伴侣对其父母的重视程度。你是和谁结婚成家？是和一个“依赖父母的大孩子”，还是和一个为了和你结婚而“摆脱”了与父母关系的男人（或女人）？简单来讲，对方是不是一个能够为家庭生活的选择负责的成年人？

你我都清楚，你不能把他的感受告诉别人。但是你可以选择改善或者破坏你和你生命中每一个重要的人之间的关系。

在夫妻生活中，双方都必须与对方的家庭建立关系。这是个利害攸关的问题，意味着接触一对绝不中立的父母。并不是所有家庭都会有问题，但很多家庭可能是有问题的——无论他们愿意与否，知道与否。我们与父母的关系往往是“消耗型”的。在他们眼里，我们常常是大孩子，尽管我们有爱和感情，但彼此之间还是有很多的争论、压迫和误解。

首先，我们必须明白，夫妻共同生活意味着分享两种亲密关系：一种是共同的亲密关系，这种关系可以让我们在关系的体验中逐渐建立一种牢固的联系；另一种则是个人的亲密关系，旨在满足个人隐私的需求。对于夫妻双方来说，这两种亲密关系都同时存在。我想请双方伴侣，对这种关系体系独有的亲密关系进行保护和维持。与对方父母的交流会影响到夫妻间共同的亲密关系。

为了更好地处理与家庭成员的关系，你必须要问问自己他们的存在对你所产生的影响，以及对你亲密经历所造成的阻碍。通过这种方式，你可以在岳母、岳父或公公、婆婆面前确定，自己是个能按照自己的意愿管理婚姻的成年人。一方面，这不仅意味着我们要学会提防那些会消耗你能量并使你失去活力的人或关系；同时，我们还要学会更好地捕捉积极的能量，让你的周围环绕着能给你的关系“提供能量”的人，使这样的关系美化你的日常生活，增强你的信心。另一方面，双方伴侣都应该承认、识别并区分自己与每个家庭成员之间的联系的性质。你的配偶与其母亲的关系（对其父母的爱和态度）不应与你们之间的关系（对婚姻的爱和态度等等），或与你们孩子之间的关系（母爱和态度）放在同一个层面上讨论。这种对于关系的混淆往往是错误和冲突的根源。

对于有孩子的夫妻来说，与大家庭（所有年龄段的兄弟姐妹，叔叔阿姨，堂兄弟姐妹，尤其是祖父母）保持联系是非常重要的。这种联系可以为孩子提供多元的参考和榜样。它能强化归属感，降低来自所谓核心家庭——有孩子的夫妻家庭的期望程度和紧张程度。大家庭中有团结，有默契，有传奇的故事，也有知识的分享。尽管有时会缺乏沟通，缺乏要求和给予，缺乏对话的想象，但这些资源依然是毋庸置疑的。

家庭中最缺乏的不是爱，而是一种结构化的语言，一种能够定义关系、说出利害关系、说出恐惧、承认欲望的语言。当我们不再限制于缺乏的事物，愿意放弃怨恨和指责时，家庭中的资源就会明显地表现出来。

祖父母的家庭角色在于促进母亲与婴儿、孩子、青少年之间的“分离”。这是为了让孩子接触到更广泛和更多样的关系，并（以顺势疗法）对这些关系进行干预。但这一切的影响都很微妙，过度的干预可能会导致紧张和冲突的发生。

我们不能忘记，妥协或让步不利于关系的健康。“牺牲”比表达不适更有害于关系。我们应该进行分享、合作和有效地沟通，确保在误解扩大之前从根源上消除它。

在任何年龄都要学会做“成年人”

在我收到的消息中，经常有很多人都想知道，在夫妻关系或家庭关系中应该采取怎样的立场。

量子物理学家尼古拉和儿科医生安妮结婚五年了，他们有一个三岁的男孩。尼古拉的父母只有这一个孩子，他们很高兴成为祖父母，这是他们第一次抱孙子。他们尽可能陪伴着孙子，当然也尽可能陪伴着他们深爱的儿子，不管他是否愿意。在尼古拉和安妮的早期生活中，尼古拉的父母是他们的财政“资助人”，保证尼古拉完成博士论文，进入大学工作。他们的关系超越了父母与孩子的关系，他们试图通过这种关系来干涉夫妻之间的亲密关系。他们几乎在每个周末都要召开“家庭会议”，或组织聚会，并邀请朋友、亲戚和同事参加。不要以为过分的事不会经常发生！

给我写信的是尼古拉，他绝望地和父母共度着整个周末。“我可以逃避家庭会议吗，或者在周末的某个时候悄悄溜走？”

这个问题的背后有一个更深层次的问题。请听他说。

他能逃避家庭会议吗？在周末请个假？他除了向他自己求助之外，还应该向谁求助呢？

人有两大需求：自我肯定和被他人肯定。他常常牺牲掉自我肯定，来寻求他人的肯定。而这种肯定恰恰是他自我矛盾的关键，也是他与父母或亲人产生矛盾的关键。

作为成年人，我们要有一种自我肯定的能力，即要放弃寻求对你重要的人的肯定，如果他们不明白就算了。然而，要做出这个选择需要勇气。换言之，你要明白这个选择对你来说究竟意味着什么，你要解释它，并接受它。我们可以和对方谈谈自己，来让自己对责任有个更清晰的认识。

夫妻双方都应该作为“成年人”，都应该做到“自主”。我们要在双方的关系中明确自己的立场，肯定自己，尊重自己。通过这种方式，我们可以减少与原生家庭的交流，尤其当你的领地、你与配偶或孩子的关系正面临威胁的时候。

我注意到一些成年人并没有做到自主。他们很快就从家庭过渡到婚姻，唯一改变的只是依赖的对象。因此，他们获得自主能力的时间也将相应被推迟。多年以来，他们对别人言听计从，接受别人的定义。直到有一天，他们要让配偶和亲人来承担多年来自己从原生家庭积攒的愤怒和怨恨。所以，要想成为一名真正的成年人，我们必须“消灭”我们观念中的父母，消灭我们想要拥有的父母、理想化的父母，甚至是我们自己创造的“怪物”，最终承认我们父母真实的样子。我们还必须削弱并转化这种“忠心耿耿”的力量或我们内心深处的纵向联系，重新审视夫妻之间的横向联系。

撇开关系的形成和发展不谈，我强调的是在家庭环境中注重交流的必要性。我们可以通过遵守人际交往的健康守则，更好地表达，更好地让别人倾听自己，通过一些切实的途径更好地确定自己的立场，并落实沟通的四个方面：知道如何要求、如何接受、如何给予、如何拒绝，以便让沟通更具活力。

我们要大胆地为自己发言，用自己的标准、自己的生活选择和自己的信念在别人面前定义自己，这样，每个人都可以强化自己的责任感，书写自己的人生……

成为父母

Devenir parent

基因提供者和"父母"的区别是什么？

在2013年5月18日法国《政府公报》刊登新出台的法律之前，在我看来，就"同性婚姻"的相关辩论可能掩盖了一些实质问题。

◎ 是谁在给予生命？如何给予生命？

◎ 是谁能花许多年的时间，陪伴这个生命从胚胎、胎儿（在怀孕期间），成长为婴儿、儿童、青少年甚至是成年人？通过关怀、教育和爱护（而非虐待）的方式，使一个男人或女人的一部分得到充分的成长和发展？

◎ 是否还要自欺欺人，认为父母即便没有相应能力，也依旧是陪伴孩子一生的最佳人选？

我们小心翼翼地回避这些问题，因为正是这些问题暴露了教育孩子中存在的许多阴谋、失调，甚至是潜在的暴力。

为了更好地正视"父母"陪伴孩子中的主要问题，我提出了一些参考标准。

◎ 我把自然怀孕或通过医学辅助生殖和代孕来实现间接怀孕的男性和女性称为“基因提供者”（而不是“父母”）。

无数的例子表明，生育双方都会意识到自己并没有做“父母”的能力，他们会放弃父母的职能，移交或托付给其他有能力的人。

◎ 我把能够履行父母主要职责，能够让孩子成长、融入社会、成年之后离开父母家独立生活、为自己负责的生育双方称为“父母”。

但根据如今的参照体系，一对夫妇能够被称为“父母”，既可能是因为这对夫妇怀上了孩子，也可能是因为这对夫妇收养了孩子，然而在某些情况下，对于孩子来说，这几乎等同于欺骗。

如果一个女人和一个男人能够被认可为父母，那么他们必须具备履行父母职责的能力。然而，有多少对“父母”没能在孩子的日常生活中履行这些重要的职能呢？尤其当下，许多父母放任孩子的欲望，自己也变成了可怕的消费者，有时甚至变成家里的独裁者，举手投足表现得像捕食者一样。这些伪父母没有意识到他们是孩子的一种参照，没有意识到自己是要满足孩子的需求，而不是满足他们所有的欲望……

今天，对于许多家庭来说，家庭的四大职能存在着巨大的失衡。太过“母亲化”（外出工作、家务劳动、缺乏陪伴）的“妈妈”有时也想成为（让孩子感到满足，更宽容的）“妈妈”。然而她们的实际做法往往南辕北辙，以为通过给予一切，接受一切，牺牲自己，就可以换来孩子的喜欢，就可以摆脱“坏人”“冷漠”和“拒绝”的角色。

不仅如此，今天的父亲更倾向于做“爸爸”而不是“父亲”。他们没有充分地表现自己的权威（面对孩子的出格行为时缺乏坚定和明确的立场）。这就是所谓的权威危机的根源。

当我听到或在信中读到，同性伴侣不会做父亲或母亲时，他们其实对性别和父母职能的语义存在严重的误解。必须指出，父母的职能是一种独立于性知觉或性表征的关系职能。而取决于个人付出的能力，倾听的能力，以及协调孩子与周围现实的能力，旨在在二十多年的日常生活中满足孩子的需求和期望。

我相信，夫妻生活和家庭生活如今正被视为一个富有安全感、充满发展潜力和创造力的地方。这就是为什么夫妻生活吸引着越来越多的成年人。但与此同时，我们不应该忘记，组成一个家庭意味着为全人类的需求服务，即便这些需求可能与个人的需求相矛盾，不论是童同性还是异性。

担任父母的角色

父母的冒险之旅，是从男人遇见女人或女人遇见男人开始的。他们之间会开始出现一种双向或单向的吸引力，一种双向或单向的欲望，一起产生一种相似的或不同的共鸣，以及一种相互或不对等的感觉，简而言之，这就是恋爱阶段。

恋爱关系有时可以通过婚姻等形式发展成正式的同居关系，甚至发展成父母关系。但是女人和男人并不是因为怀孕或收养孩子才成为父母的。他们可以（也可能不会）尽其所能连续或同时履行重要的父母职能，经历数个阶段成为父母。

只有当父母在一起（从孩子的角度考虑，我希望如此）时，他们才能满足孩子的基本需求：

◎ 生存需求（照顾身体、食物、衣服、安全）；

◎ 爱的需求（我相信父母的爱有一种特殊的力量）；

◎ 教育需求（任何可能的教育阶段，从财力条件和智力条件的角度来讲）。

同时，父母也有责任满足其人际关系的需求，这种需求并不局限于个体。所有孩子，包括我们，都会有这种需求。

担任起父母的角色对某些人来说是一种名副其实的苦行。

相反，对另一些人来说却是一个光明的开始。它会让我们发现自己最好的一面，从而去发现别人最好的一面。

碰巧的是，当我在二十四岁成为一名父亲的时候，我对父母身份所面临的冒险一无所知——今天，我对那时候的无知感到惊讶。毕竟“造孩子”是相对容易的，而且常常是愉悦的。尽管有时可能困难得需要每天坚持执行，甚至每周日三次！！！但是，要养育一个孩子，要达到我所说的所有父母教育的最终目的，就意味着要让孩子带着最大限度的资源离开我们，不带着任何负罪感去面对一个变幻莫测的世界，这是一份全职工作！由于我手头上没有太多的事情，我四次更新了自己的认知——认识我的人可别忘了我的白发！

从我的亲身经历来讲，在成为家长之后，我很快就发现自己是一个名副其实的沟通障碍者（这是一个令人苦恼的悖论，毕竟作为一个从事心理学的人，我理应教导别人如何进行更好地沟通！）。没人能想象我得痛苦地经历多少失误、僵局和冲突，才能摸索着一天天成为爸爸和父亲。

当家长在孩子身体发育、人际关系发展和社会发展等成长阶段，接受履行父母（妈妈、爸爸、母亲、父亲）的职能时，他们才是父母，这也就是说，要能让一个孩子：

◎ 成长、发育，满足他的生存需求、教育需求、安全需求和爱的需求；

◎ 将他培养成一个会要求、会给予、会接受、会拒绝的个体；

◎ 尊重他自己的内在生命。倾听他的人际关系需求，避免满足他所有的欲望，这样他就不会产生一种“婴儿是无所不能的幻觉”，让他以为整个世界都围着他转。

成为妈妈和母亲、爸爸和父亲

成为父母意味着要尽其所能履行父母的主要职责，让孩子能够成长，足够自立，以便有一天能够离开我们，踏上自己的成年之路。父母的主要职能从孩子一出生起就开始了。

我始终强调我们不能把父母与基因提供者混为一谈，后者把生命赋予胚胎，陪伴胎儿在九个月的时间内逐渐长大，然后带到世界，成为妈妈（然后才是母亲的角色）和爸爸。（成为爸爸意味着对婴儿的需求及伴侣的特定期望做到倾听、理解和接受。妈妈作为妻子的各种职能会在一段时间内空缺，因为母亲的职能会需要几周、几个月，有时甚至长达几年的时间去完成，占有相当大的比重。）

◎ 妈妈的职能 从人际关系的角度来看，母亲是能无条件地接受孩子的人。她付出、保护、迎接孩子所带来的一切，一点也不排斥。（孩子流口水，吐奶，拉屎，尿尿，尖叫，哭闹，打翻果酱……然后妈妈心平气和地处理这一切。）

在孩子两岁半或三岁前，这种职能会覆盖其他所有的职能！

这是一种既能满足孩子欲望又能满足孩子需要的职能。这是一种既令人满足又具有奉献精神的职能，因此，许多母亲都希望能长时间履行下去。但是，我们必须要认识到，当一个人几乎满足了孩子的所有欲望和所有需求的时候，孩子身上就会产生一种“婴儿是无所不能的幻觉”，会让年幼的孩子相信，整个世界都是围绕着他转的，就连宇宙也是为他服务的！这种幻觉不应该持续下去，因此需要母亲的职能去打破这种幻觉。

◎ 母亲的职能 从人际关系的角度看，母亲是一个提出要求、规定条件、做出拒绝甚至进行剥夺的形象。这是一个令人沮丧的职能，在面对这种职能时，孩子通常会说“不”（这正是经常说“不”的年纪）。在大约三岁的时候，孩子对母亲说“不”是为了找回他以前认识的那个无条件说好的妈妈！

对某些母亲来说，这项职能并不容易。她们一开始会说“不”（例如在商场或超市的收银台），然后又会说“好”。

这对孩子来说是糟糕的，因为这会让孩子相信他的欲望是无所不能的，只要他坚持就能成功，就能让母亲和整个世界满足他的所有要求！这种让父母服务于自己（避免说卑躬屈膝）的形式目前在大部分孩子的教育中占了主导地位。

我把妈妈到母亲的转变称为“关系断乳”。今天，许多儿童和青少年都因自己活在全能的欲望中陷入了困境：“全部，马上，无条件！”。但与此同时，他们也会感到焦虑，因为自我塑造的过程需要限制、禁令和明确的指示来告诉他们什么是能做的，什么是不能做的。

我们正处于一个许多人觉得没有出路的两难境地：孩子的欲望（零花钱、衣服、娱乐、手机）得到了过分的满足，而他们的基本需求却遭受了难以置信的冷落。这种欲望和需求的矛盾是儿童和青少年暴力的根源之一。“你不想给我，那我就去拿，我就去偷，我就去打。”事实上，孩子对失望的容忍度很低，任何与现实的碰撞（有时必然令人沮丧）对他们来说都是一种冒犯，于是他们用暴力作为回应。

对于成为父亲的男人来说，他们的职能可以通过以下方式实现。

◎ **爸爸的职能** 这是仁慈的职能。爸爸陪孩子玩耍，爱抚孩子，保护孩子，让孩子有安全感。爸爸被认为是宽容和有安全感的存在。

◎ **父亲的职能** 这是严格约束的职能。一个父亲知道如何制定规则，明确界限，在孩子做出出格的事情时进行强制惩罚。他可以给孩子树立榜样。这是一个重要的社会化职能。

男人或者女人并不是因为贴上了父母的标签就可以成为父母，他们成为父母是因为他们具有履行上述主要职能的能力。

这四项主要职能将伴随儿童进入成人世界，有时甚至会陪伴他们面对危机时刻。同时，父母也必须表达和承担（我强调它的必要性！）在整个儿童和青少年时期其他能强化父母角色的职能。

◎ **反馈的职能** 不谈论孩子，而是跟孩子讨论，不使用带有命令语气的“你”把孩子限制在一种价值判断里：“你真讨厌，你真邋遢，你把我气疯了，你做事情贪多还虎头蛇尾……”相反，我们要用“我”代替“你”，来给孩子提出明确的要求："我要求你去睡觉；我看到你和你妹妹吵架时很生气；我觉得做你的妈妈很难，因为我不得不总是惩罚你，这对你我都不好……"不仅如此，我们还要更好地区别我们对孩子的爱。如果我们的孩子不止一个，而我们对他们说"我对你们的爱都是一样的"，那我们就助长了他们彼此之间的竞争！因此，我们最好跟他们说"我对你们每个人的爱都不一样"。

同时，这也意味着不再进行感情欺骗。比如，当我们对孩子说："我希望你能整理一下床铺；我希望你能去洗澡；我希望你能好好吃饭；我希望你能整理一下房间。"我们要小心不能把情感和关系混为一谈，即在要求、给予、接受和拒绝的关系当中不要使用感情类的词汇。我们要敢于直接提出明确的要求，清楚、明白地进行拒绝："我要求你关掉电视；在睡觉前把你的学习用品准备好，这样明天早上我就轻松多了……"

◎ **榜样的职能** 我们处在一个充满失望和约束的现实中。通过执行这个职能，父母可以确认他们保持立场的能力和自我肯定的能力，可以表现自己的开放度、价值观，尤其自己的容忍度："我同意你每天上网一个半小时。"这样，孩子就可以学习如何把自己的欲望和需求区分开来。

此外，这项职能还可以让孩子区分欲望和恐惧的差异：在所有的恐惧背后都隐藏着一种欲望。这样的发现可以使孩子依靠自己的资源和创造力安全前行。

我们还要尽早教会孩子不要保留接收到的有害信息（言语、手势、行为），还要教会他们把这些东西重新还给信息源头的人——包括我们自己、父母，尤其当我们在疲惫、愤怒或糊涂的时候做了不利于与孩子关系的事。

最后，这个职能还要求我们不要把自身的情感和孩子的行为举止联系起来。我们要根据他们所做的事，而不是他们的为人，来表达我们的情感和感受。我们不要把行为和人混为一谈！

◎ **陪伴的职能** 帮助孩子塑造自我，融入社会。在这里我们不能忘记，父母的存在是为了满足孩子的需求，而不是满足他们的欲望。有时，欲望的发生时间是可以预测的：圣诞节、周年纪念日、考试通过，等等。孩子需要有坚定立场的成年人说："我不同意你出去。""我告诉你不可以，因为你昨天和前天都出去了！”

◎ **契合的职能** 基于我们对孩子的举动所产生的共鸣。也正是通过这种职能，我们才能正确倾听孩子所表达的维度，才能确认我们倾听到的是他的经历或感受，才能表现出我们对他的感觉、愿望或期望的认识能力，即便不会因此而满足他们。

这项职能可以让父母敢于说出自己的感受，不将感受与情感混为一谈：“我知道我爱你，但当我看到你对待妹妹的方式时，我是真的生气了。”当一个成年人在孩子面前肯定自己，说出自己的感受、感觉和自己想做的事，不针对孩子的人，而是针对孩子所说的话、所做的或没做的事：“我真心希望你能顺利高中毕业。”这时，孩子会感觉到一种安全感。

◎ **激活的职能** 即通过满足七大关系需求来激发生命的活力。父母需要尊重这些需求：表达的需求（以不同的口吻和不同的话语）；被倾听的需求（就孩子试图表达或试图隐藏的特定口吻或和话语）；被认可的需求（就他所经历的，而不仅仅是亲人所希望他成为的样子）；被重视的需求（就他是怎样的人，而不仅仅是因为他做了什么或者没做什么）；私生活的需求（包括尊重他自己的空间、时间和隐私）；创造和影响其周围环境的需求（在布满欲望和陷阱的市场背景下，避免将其塑造成“理想型”消费者）；梦想的需求（梦想明天会比今天好，后天也会比明天好！）。

作为父母，就要有能力根据孩子生活中的变化构建一种持久的联系。适用于三岁孩子的那一套不会再适用于六岁以上的孩子了。

当然，这种美好的计划面临着一些阻碍：

◎ 光靠我们对孩子的爱、我们的良好初心或愿望并不足以养育孩子；

◎ 我们经常陷入我所说的“父母悖论”之中：一方面，我们希望孩子长大，但另一方面，我们却不断阻止他们独立自主的尝试，把他们限制在了孩子的状态；

◎ 或许最大的问题在于，孩子们都有一种不可思议的能力，能在任何时候唤醒我们内心深处的“大孩子”！

这是一条徘徊在快乐和焦虑，盲目和清醒中的道路。父母们热情洋溢地追问，怀揣着不安的疑虑，他们会意识到自身的矛盾。经历旧伤的复发，还会不断地释放创造力；感觉到筋疲力尽，他们要应对孩子各种各样的反应行为，而孩子的这些行为往往会让他们感到惊讶，让他们怀疑自己的能力，怀疑自己成为一对称职父母的能力！

父母这行的难处

父母这份职业一直是一种发展变化的活动，必须时刻前进……但并不一帆风顺！

这是一个需要即时学习的职业，其中有起有落，会进步也会退步，有成功也有失败。

据我所知，没有一种关系能像亲子关系一样具有如此多的热情、刺激与希望。我也不知道有什么关系能像亲子关系那样充满困难、误解、考验甚至绝望。毕竟在我们与孩子的交流中，不仅有我们对孩子的爱和良好的初衷，还有各种误解、争执和潜伏的危机！

现在，做父母似乎是一份全职工作。在本节中，我会提出一些方法，以学习和识别在尝试做明智、负责的父母时最常见的陷阱和障碍。作为父母，主要意味着给予孩子长期（通常为十八年至二十五年）的陪伴。

一方面，要让孩子得到成长和发展（满足其基本需求），传递一些社会价值观（基本的社交能力、对他人的尊重、警惕难以避免的侵犯），支持他们学习知识和本领（接受教育、习得并强化人际关系的能力和方法），鼓励他们尽可能多地接触文化、音乐或体育活动。

另一方面，要让孩子更坚信自己的处事能力、创造能力和发展能力。这可以使他学会自爱（照顾好自己的身体和情感需要），学会表达自己的真实情感，注重比较而不是较量，学会自我肯定，而不是否定自我或逃避自我，追求互惠交流，而不是对自身或对他人实施咒骂、侮辱等言语暴力或身体暴力。

换句话说，这意味着满足他们的生存需求（提供食物、住所和衣服，保障其人身安全，治疗各种伤病和其他心理疾病），保证他们的教育需求（学业支持，课余活动），强化他们的社交需求（家庭生活和社会生活的基本标准和规则）和人际关系需求。我们要留心这些需求，让孩子不要把欲望和需求混为一谈，在面对自己的多重欲望时要保持坚定和决心。在孩子面前，我们必须要立场坚定，当他们犯下错误时，我们必须强制进行惩罚。这时，我们会向其传递心灵导师般的价值观，防止他们在这个消费主义社会里迷失心智。

其次，才是给予他们无条件的爱。父母的爱是给予孩子的唯一的爱，为了能让孩子有一天能够离开自己，离开“妈妈”和“爸爸”，达到一种情感独立、社会独立和物质独立，去追求属于自己的成年生活。

几年前，我曾在《爸爸妈妈，认真听我说》（*Papa, Maman, écoutez-moi vraiment*）中强调过父母倾听孩子心声的必要性。今天，我更想强调的是，父母不仅要倾听孩子的期望，区分他们的欲望和需求，同时，还要对其需求提高警惕，更加审慎，必要时进行积极干预。因为我们必须要认识到，一些外部现象和外部因素对孩子造成的重要影响并不总是积极的，比如视听游戏、互联网和手机冲击着儿童的生活，它们霸占了孩子们大部分的活力和注意力，还影响了他们的亲密行为和社会行为。

如果我们要清醒、勇敢地投入到这一庞大的工程中来，我们就必须要设立一些具体的参考，避免落入一些陷阱。对父母来说，这首先意味着克服一些矛盾。例如：

◎ 更好地明白孩子具有一种不可思议的能力，他们可以唤醒父母内心深处的“大孩子”。有时当我们从远处看，以为是一个成年人俯身面对一个孩子；可如果我们走近去听，就会发现，其实那两个都是小孩，最小的那个也不是人们所认为的那一个……我们常常给孩子传递充满矛盾的双重信息，我可以总结为："你要长大，但你依然是我的小宝贝！"

◎ 承诺不再把我们的恐惧和欲望强加给他们。这可以说是所有父母的专长（如果不是一种常规疾病的话），作为一个父亲或母亲，我们忍不住会表达自己，但实质却是在传递我们的恐惧，并试图根据我们自己的意愿去塑造我们的孩子。话说得一个比一个都对，当然，都是通过给自己找一个无懈可击的借口："这是为了他们好！""我们比他们更清楚什么对他们好，什么对他们不好！"我们可以流露我们的恐惧，但这需要我们在他们面前承诺，所有我们的恐惧对自己造成的影响都将由我们自己负责。同样，我们的欲望也是如此，我们拥有的通常是对孩子的欲望，而不是对孩子的期望。我们必须对这些欲望负起全部的责任。

◎ 不要放弃。“你想做就做，然后你就明白会发生什么，但我要先告诉你……”我们要明白，如果我们童年或个人经历的一个问题反复出现，没有得到解决，（从心理宗谱学和隔代交流的角度讲）那么这个问题就会遗传给我们的后代。

做父母，还意味着要拒绝放弃的诱惑（不要依靠学校和社会机构来解决日常的问题），意味着要持续履行父母的主要职责，对孩子的发展、成长和未来的生活能力负责。基于一些基本的人际关系的健康准则，家长对于父母职责的履行有利于孩子的自由发展，提高适应能力，加强公民参与度和团结精神，以及未来的开放性和凝聚力。

今天的父母面对的是明天长大成人的孩子！

以另一种方式培养男孩

“我很想鼓励母亲们以一种更好的方式培养男孩，教他们尊重女性，让他们不要变成施压者。我们不能培养出一代跟他们的父亲一样的男孩，这一点至关重要。”这是缅甸著名的反对派人士、现任领导人昂山素季在 2012 年 6 月的欧洲之行中所说的话。

如果现在甚至在未来，母亲都不去挑战男孩教育方式中某些根深蒂固的盲区或机械性的行为，那么这种愿望将很可能仍然只是一个虔诚的愿望。如果男人很乐意做基因提供者而不去学习如何履行父母的职能，比如作为爸爸的职能（仁慈的，令人满足的，愉快的）和作为父亲的职能（设置要求和界限，对孩子侵略性的欲望能够立场坚定地拒绝），那么这种愿望将仍然只是一个虔诚的愿望。如果他们不承诺会更经常地参与孩子生命中的一些关键时刻，那这种愿望将始终只是一个虔诚的愿望。

当昂山素季呼吁欧洲女性支持她的行动，提高大众的意识时，她必定是考虑到了在亚洲及世界其他许多地区，男性对待女性的方式。今天，在大多数国家中，无论是在原生家庭还是在女老师越来越多的学校，大约 95% 的儿童教育是落在女性手中并由她们负责的。

必须承认的是，男性正在更加积极地参与家务劳动，这些爸爸更像是以前的父亲，他们更加关心孩子的身体、社交、运动、文化的发展。但同时，他们的参与度也更加频繁地时断时续，有时只是因某件事或应母亲的要求才机动地做出反应。这些父亲并非一定要满足伴侣的要求，但更应该要满足孩子的需求，更好地倾听他们内心深处的期望。

由于父母对双方共同承担的职能没有清晰的认识，更多依靠情感而不是关系进行职能的界定，导致实际情况不容乐观。一般来说，生存职能和安全职能是父母双方以一种相对平衡的方式共同承担的。但是今天，照顾职能和教育陪伴的职能需要更好地分配，需要男性更多地参与。他们应该确保在孩子的日常生活中，提供更多更细致的、可感知的或不可感知的陪伴。

不仅如此，父母花在女儿和儿子身上的时间和陪伴的质量（往往是非常不平衡的）也值得让人深思。双方都应该注意自己的话语是如何被传播，被倾听，被重视或不被信任的。

认同的职能旨在鼓励父母注重与每一个孩子之间的亲密时刻，在这段时间内，关注点应放在一个特定的孩子之上。这些时间非常宝贵，远远不同于对孩子进行提问和评价，没有人会以同样的敏感度来倾听这些问题和评价。

在父母的许多职能中，我们提到了支持职能、鼓励职能和加强女孩和男孩特有的品质和资源等职能，这些职能的履行不应掺杂任何的比较、竞争或价值判断。

此外，某些规则最好从一开始就应用于夫妻关系。女性常常在满足丈夫的期望或愿望。孩子在餐桌上、在客厅里或在车上，看到的这种顺从 / 反对、合作 / 抵抗、支持 / 拒绝的关系，反映出男女的行为。这些行为包含了许多信息，他们会把这种模式融入进自己的人格，并在以后复制到与亲人或是与孩子的生活当中。

今天，做父母意味着双方要有更明确的职能分工。

失去母亲

每一个孩子，或者更确切地说，曾经是孩子的我们，总有一天会见证父母的生命走到尽头，永远消失。

我们需要知道的是，母亲的去世意味着妈妈（无论她曾经是妈妈，还是曾经很困难地当上了妈妈）的永远消失。就像父亲的死在我们心中留下了失去爸爸的印记（他曾经是，也可能从未是）。只要母亲活着，我们就可以一直相信“妈妈”的维度存在，即温暖、善良、倾听和无所不能的一面永远是可能的，她能够再次出现并且满足我们。当一个母亲永远离开时，“妈妈”的这个维度就消失了，那个能无条件地、毫无保留地接受我们，接受我们全部的过去或现在的妈妈消失了。

然后，一扇通向无限的爱的神秘之门，一扇通向奇妙的温柔的神秘之门，在孩子的生命中，徐徐打开，从而释放了所有被压抑和未表达出来的东西，让孩子的内心充满了无尽的感激。

这首小诗是我的朋友克劳德送给我的，这是她对母亲的敬意，但我想温柔地说，这是她对妈妈的敬意。

我们有很多种方式可以向父母说再见，向那些陪伴我们童年的父母说再见，向那些陪伴我们青春的父母说再见，向那些陪伴我们从成人到成为父母的父母说再见。其中一种方法就是大胆给他们写一封信，写一首诗，讲述我们的经历，我们的感受和对他们的感情。

你不在这里了，妈妈

你不在这里了，妈妈……在老房子里，
你的灵魂浸润了天堂的香气，我徘徊着。
书架上摇摇欲坠的天竺葵边，
我看到你在秋末的时候弯下腰来。
啊，你在这里的样子不是一个陌生人……
但每一天都让它变得更空洞、更缥缈。
你不在这里了，妈妈。然而，我闻到了
你如野生白百合般的气息。
在门槛边的玫瑰里，我看到了你的微笑。
在这座老旧的花园，

你颤抖的手臂想要拿起小犁或铲子耕地，

每当夜晚凉意渐起，

人们都能看到你在那里耐心地弯着腰。

啊，花园里仍然留下了你的痕迹和你默默的奉献！

我不想改变任何你亲手为我准备的东西，

你为我打造了这个温暖的小窝。

但世界只会不断地蜕变。

水滴侵蚀着石头和花岗岩……

天不遂人愿，属于你的一切都在瓦解。

在我握紧的手中，像雪一样融化。

我要去问问过路的人，

他们在街上是否看见过你的影子？

每个小时都会带走一两个认识你的人，

其他人没向我伸出手就已经离开。

每个人一感觉到生命的奇怪代价，

心中充满了恐慌，就疯狂地跑开。

你不在这里了，妈妈……在你的老房子里，

我呼吸着你的灵魂，微微颤抖。

克劳德·阿曼（Claude Amman）

以前的母亲

我不觉得自己是一个怀旧的人，但我很高兴在记忆深处找到了我童年的回忆。这些回忆塑造了我的童年，也轻微影响了我孩子们的童年。

她们有着小说里人物的名字：艾米丽、爱丽丝、阿波琳、热尔梅娜或维奥莱纳。她们是奉献的母亲、治愈的母亲、牺牲的母亲。即使穿着黑色的衣服，她们也是色彩缤纷的。她们神秘的身体里藏着橙色和珠光色，脸上流露着激动或愤怒的红晕。当她们被反驳时，内心涌起黑暗的风暴；当她们受伤或被拒绝时，她们有着心照不宣的沉默。

她们是“一切尽在手中”的母亲。我想说，她们用宽阔、有力、温柔而结实的手掌握住生命，塑造生命，她们知道如何温柔对待世间万物。她们的双手似乎无处不在：在我稚嫩的脸上，擦掉我看不见的污迹或嘴唇上的面包屑；把我放在她们温柔的双膝上；她们的手放在我的肚子上，就像一个抚慰的吻，减轻了我突然和短暂的疼痛；为了缓解我的紧张，她们的手抚过我的背；为了安抚我留在原来位置，她们的手轻捧我的头。她们的手让我记起被遗忘的美德。“不要太自以为是，否则……”我从来都不知道“否则”意味着什么，除了知道如果人们太过张扬、太自以为是，或者更简单地说，“如果好高骛远……”，否则的后面就是麻烦。

当母亲们要出去的时候，她们会准备好，戴上一顶帽子或一条围巾，涂上一点妙巴黎的粉底（有个字母 J[①] 就代表着快乐），在街上步伐坚定地朝一个明确的方向走去。她们有着坚定的信念和难以磨灭的激情，她们知道自己的弱点，但更清楚自己的强项。她们就像当时所有的母亲一样，无所不知。在遇到困难的时候，我的母亲最喜欢的一句话是：“你等等，我来解决！”即使我没有要求，她也能找到所有困难的解决方法。

我的母亲信仰帕多瓦的圣安多尼，她在房间的衣柜上摆放了一尊他的小雕像。雕像的怀里抱着一个小男孩，这

① 在法语中，joie 的意思是快乐、喜悦。妙巴黎是法国著名彩妆品牌，其法语名称是 Bourjeois，含有字母“J”，指代“joie”。——译者注

个小男孩有一个老人般的脑袋，他看起来似乎很不幸。于是我也不想太快就长大。

我母亲也喜欢亚西西的圣方济各。“他很帅，”她沉思着，“他一定很受女人的喜爱。他一定会吸引她们回头，但这都是出于敬意”。她急忙补充道。

我母亲很钦佩我朋友马塞尔的母亲。她是一个闻起来很香的女人；她能保持一动不动地走路，步伐轻盈；她总是面带微笑，穿着浅蓝色的裙子跳舞。我能从母亲的眼神中感觉到，她也想像我朋友马塞尔的母亲一样跳舞。

我童年的母亲们无处不在，在我们还没有经历之前，她们就知道会发生什么。她们能看到一切，她们关心别人。在家吃饭时，她们总是最后一个吃，把剩下的饭菜吃完，而这些饭菜都是她们之前带着满满爱意精心准备的。“食物开不得玩笑，更不应该浪费！”

她们轮流成为妈妈和母亲，慷慨地给予鼓励、奖赏、批评，甚至是惩罚！这些母亲无法忍受不公正，尤其是涉及他人，她们知道该如何战斗；当她们的孩子受到威胁的时候，她们就会变成“母老虎”；当这些孩子长大成人，为人父母，而她们也成为祖母的时候，她们又变成了令人惊叹的小姑娘。

我们不应相信这些母亲已经消失。尽管表象如此，但她们依然存在，或许她们更加不引人注目，只会在夫妻间的亲密关系中或在独自抚养孩子时才会出现。母亲是人类的礼物，是绝大部分人类的礼物！

我们的孩子，我们的青少年

Nos enfants, nos ados

致我的孩子们……

在昏昏沉沉的夜晚
我记起耳边响起的欢快笑声
那是孩子们在房间里嬉闹。

在晴朗的早晨，我记起双手
抚摸孩子无法预知而温柔的身体，
所有过快被分享的爱抚，
所有为了征服生活，在匆忙离开时
被遗忘的吻。

那么多的日子
孩子的存在占据了我们为人父母的生活。
那么多美好的回忆
如今都散落在遗忘的记忆里
在飞快流逝的岁月中零乱。

但作为父母，我们每个人
都品味了美好，感受了每次爱抚，
都拥有孩子的温情甜美。

不想一个人睡觉的孩子

有些孩子不想一个人睡觉。他们醒了，就走进父母的房间。有些孩子甚至会果断地躺在母亲和父亲中间。尽管父母尝试安慰、禁止、拒绝、甚至威胁孩子，但每次孩子都毫不妥协，他们哭喊着，继续这样，有时甚至趁父母还没发现就重新躺回床上。父母给孩子讲道理起不到任何作用。略微激烈的反应还会导致孩子产生过多的焦虑或反抗。

对于不同的孩子，问题的原因是不一样的。对有些孩子来说，这是一种天生的渴望，就像孩子需要亲密接触，需要身体的抚摸，需要听到呼吸声，需要闻到气味。正是这种需求催生了婴儿最初的语言，促使婴儿与父母和周围的世界建立联系。

而对另一些孩子来说，这种行为与被遗弃的焦虑有关，与害怕父母双方，尤其是母亲的消失有关。对一些没有安全感的孩子来说，闭上眼睛在漫长的夜晚睡觉，是一种令人不安的考验。

对另一些孩子来说，他们其实是想获得重新回归工作的母亲的关注。

还有一些孩子，他们是在以自己的方式表达不想太快长大的愿望，他们还想当小孩，这样，父母就可以全心照顾他！

我们需要明白，每个孩子都有一种想象，他通过这种想象来解读周围的现实。孩子会从现实中捕捉到一些片段，并赋予它某种意义，在此基础上形成对世界的个人理解。

我建议父母帮助婴儿在自己活动的区域内入眠，也就是在他自己的摇篮或床上，在他自己的房间里，在他熟悉的家具、玩具和照片旁。这些都是象征性的步骤。

◎ 创造仪式感，每次在睡觉的时候，把毛绒玩具或孩子依恋的物品放在他的旁边、挂在他头顶上，或放在他可以够得着的地方。

◎ 花点时间哼唱摇篮曲，可以和孩子一起轻轻哼唱。

◎ 讲故事，比如讲一只小猫之所以不想独自睡觉，是因为猫妈妈总是催促它睡觉。

这只小猫的妈妈总是忙着收拾衣服，洗碗，刷牙或洗头，熨衣服，看电视，照顾她的丈夫，也就是这只小猫的爸爸。她总是会被电话打扰，她也总是电话一响就接起电话！这个妈妈要做很多其他的事情，然而小猫却一点也不喜欢她。有一天，猫妈妈差点把他落在了商店里，所以你想想，这只小猫得有多努力才能使自己不会被忘记！这只小猫很聪明，每天晚上，他都先在床上假装睡着。然后，当猫妈妈和猫爸爸在床上睡着时，小猫就轻轻地打开房门，爬上父母的床。你知道他躺在哪里吗？没错，就躺在猫妈妈和猫爸爸之间！这是一只非常聪明的小猫。但是有一天，他决定要长大，就对自己说："我要让妈妈，尤其是爸爸看看，我可以长大，我可以一个人睡！是的，一个人！但我不希望他们看到我长得太快而难过。"

◎ 造个标志性句子："吱呀吱呀，睡觉觉！"

◎ 玩一些象征性的游戏。以下是两个例子。

买四个俄罗斯套娃，给孩子两个（把孩子的照片贴在里面），自己留两个（一个贴上妈妈的照片，一个贴上爸爸的照片）。每天晚上，问问孩子想把自己的娃娃借给谁。然后当着孩子的面，把他的娃娃放在妈妈或爸爸的娃娃里，对他说："明天早上，我到你的房间把你的娃娃还给你。”

妈妈或爸爸可以把孩子的一件T恤或睡衣贴身放几小时（让衣服里充满父母的气味），然后晚上再给他穿上。

◎ 将某个小物件放在枕头底下，并对孩子说：“明天早上，你要看看它是否还在那里，等我来叫醒你的时候，你就把它还给我。”这就像一个“象征”，证明妈妈明天早上还会在这里。

通常，一个孩子真正“出生”的那天是他能独自入睡的那一天，这时，他已经找到了与父母的正确距离。

“我有两个妈妈，或许很快就有三个了”

她们三个人，年龄在十一岁到十三岁之间，正在公交车站聊天。公交车可能晚点了，或者她们早到了，所以我有充分的时间抓住她们交流的信息。

“我，”其中一个说，“受够了小伙伴在课间说‘我有两个妈妈和两个爸爸’或者用发表获奖宣言一样的语气说‘或许我很快就有三个妈妈了，因为我爸爸还想离婚……”

“我的话，”另一个接着说，“只有一个妈妈，她一个人养我。但挺好的，我没怨言，因为如果有两个父母在家，而且两个人一样烦人的话，那一定不会有趣到哪里去！”

“我的话，”第三个接着说，“我只有一个母亲和一个父亲。但是我的母亲，自从她升职为银行经理之后，就没怎么当过妈妈了，她经常在工作。我的父亲，他不知道怎么当爸爸。他只希望在他看网球比赛时，家里安安静静的。有时他会为了一丁点事情大喊大叫，而我们，我的母亲和我，因为我们都希望重新安静下来，所以都会回到自己的房间里，留他一个人在那里！”

很明显，随着分居和离婚的频率越来越高，通过重新组合家庭，孩子们很快就学会了统计那些进出他们的生活或长期在一起的妈妈和爸爸。有些孩子甚至在今天毫不羞涩地谈论自己的新父母，还详细地描述原配夫妻的优点和缺点：“……我真正的爸爸和妈妈，自从他们分开以后，他们就相处得很好！”“……最难忍的是我妈妈的新男友。他人不错，但我更喜欢她的前任！”

孩子对“我母亲的新男友”或“我父亲的最后一任女友”的提问和陈述都没有带明显的感情，但他们内心深处会怎么想呢？在我看来，他们是根据自己所观察到的东西在探索成人的世界。他们多少有些担心自己周围人脆弱的情感关系。他们会把身边新出现的成年人之间无法预料的和睦、暂时或永久的矛盾，内化到自己身上。他们正在面临着一种新的生活方式。他们正在勇敢甚至幽默地面对在家庭聚会、假期、节日、周年纪念或葬礼上的惊喜或悲伤。今天的孩子们已经学会通过面对关系的多样性和复杂性来构建自己，而这种关系网有时复杂得就像令人难以置信的迷宫。

毕竟某些“新家庭”是拼凑出来的，既不稳定，也不确定。

“我妈妈的新丈夫，我没怎么接触。我没法叫他爸爸。我能明显地感觉到他在努力，但他一点都不像爸爸！他是个孩子，冲什么都笑。和他在一起，你永远不知道他说的是不是真的，因为他十有八九是在开玩笑！”

“我祖母还没气馁！这是她第四次婚姻了，我最后一任祖父，也就是她的新丈夫，比我父亲还小，而我的父亲是我祖母的第一个孩子！我不知道你会不会也这样，但这挺好的，因为他们两个相处得很好。他们还在一起玩电子游戏，比如‘第二人生’！”

“刚开始的时候，对我来说最困难的事就是和爸爸的新女友在一起。她不停地在我面前尝试扮演‘好女友’的形象，好像在诱惑我一样。她总是想知道我喜欢什么，我接下来想做什么，以及我在想什么！当她问我关于生孩子的意见时，我发现我知道的比她还多，因为在妈妈得了抑郁症之后，我就开始照顾我的两个妹妹……”

“一开始，当我看到爸爸和他女朋友在一起比跟妈妈在一起更快乐时，我真的很难过，因为妈妈总是和他吵架。其实，我多想妈妈像他的女朋友那样。这样，他们就可以重新在一起了！我真正的父母就会回来了！”

“我的新爸爸，要是他没读过书，应该还不错。他的硬盘一直都是数学资料。他不停地跟我讲，信息学就是未来，所以靠他，我一定会找到一份好工作。我跟母亲那边的直接接触更多一点，绘画、音乐、诗集、自由的梦想。我觉得我俩掌握着主动权，他都不知道他就要失去我们俩了……”

凭借极强的幽默感、敏锐的洞察力和有时少许的厚脸皮，今天的孩子们正试图把自己解脱出来，在新重组的家庭中找到属于自己的位置。或许，他们会成长得更快，为什么不呢？或许，他们会变得更加坚强，谁知道呢？

青少年还是“大龄青少年”？

就在不久以前，我们还在替青少年担心、忧虑、记挂，有时我们甚至嫉妒他们的年轻，他们的洒脱，他们对生活的渴望和他们全方位的创造力。但今天，我们却害怕他们。有时我们会不由自主地试图逃离他们，躲避他们，害怕与他们发生冲突，甚至害怕与他们交流。

是他们还是我们，不懂得如何沟通，导致彼此疏远、迷失，被技术主宰交流的社会吞噬，逐渐远离愉快而直接的交流？我们是否过度地推动了消费型交流（信息流通的过度发展），将其与人际关系交流（连接、聚拢和放大的交流）混为一谈？

成年人和青少年之间的误解有很多原因，有些是长期的，有些是新出现的。这篇小文章可以促使我们去思考可能的解决办法。我们的目标是，面对青少年时，走出被动、绝望、放弃和抬杠的局面。

青春期是一个微妙、艰难，甚至是混沌的阶段，这点大家都同意。然而今天，这似乎成了一个持续的阶段，可以延伸到孩子成长发育的前前后后。这一时期开始得越来越早，结束得越来越晚……以至于在青春期和成年期之间出现了一种新的阶段，我们可以称为“大龄青少年”，这些伪成年人在二十八或三十岁时，还居住（赖）在父母家里。

青春期是一个由忧虑、寻觅和肯定组成的阶段，它在错误和过度肯定之间游移不定。其特点在于它能够脱离现实，甚至拒绝现实，并在梦想和想象中寻求庇护。但这也是一段令人兴奋的、充满激情的生活阶段，它可以是一种使命、一段精神旅程、一种职业选择或一种对他人的社会承诺的开始。

我们必须认识到，我们成年人常常在青少年面前处于困难、无助的境地。我们经常被他们矛盾的态度所冲撞、激怒，被他们怼得无话可说。似乎他们对父母的需求程度与他们想要远离父母的欲望成反比，他们仿佛是在考验这段关系，验证这段关系的稳定性与可靠性。

此外，需求 / 欲望这一冲突可能是青少年矛盾的中心。一方面，他们想在无须表达的情况下就被理解；而另一方面，任何一种试图理解的尝试都被视为是侵犯和越界……

由此引发逃避、反应行为、反对或阻挠沟通的行为。

大多数情况下，他们无法接受的是自己的形象。因此他们常常拒绝对话或认为其浪费时间。“你们无论怎样都不会理解的！”

在青少年的眼中，成年人不再是他们的榜样，他们也不再认同成年人的生活方式和生存之道。他们常常难以从关怀的关系过渡到交流的关系，从不对称的交流（“我比你更了解”）过渡到互惠的交流（“我们可以分享不同的观点”）。

当然，作为父母，作为陪伴者，我们爱着他们。无论是对我们的孩子还是我们的亲人，我们都有自己的设想、愿望和梦想，我们希望给予他们最好的，但往往会意识到自己搞错了。我们总是认为他们需要我们长久的陪伴，需要我们作为见证，需要我们的人文关怀。

对于那些正处于徘徊、痛苦和困难中的青少年和想深化长期关系或建立和谐关系的人，除了交流之外，我还想大胆而明确地提出一些标准，以便更好地观察我们对青少年的期望、我们可能起到的作用和我们无法容忍的地方。标准就是一个固定的起点，只要有目标，我们终能抵达想要去的地方！

青少年只需要表达虔诚的愿望和可嘉的愿景，但我们需要审视自我，可能需要一些不同于我们所知道的基准，以便朝着他们的方向前进。

我在身边观察到的加上我另想补充的基准，似乎关乎所有成年人。

◎ 更好地培养责任感并信守承诺。

◎ 更好地区分需求和欲望，在面对期望和要求时，学会坚定自己的立场。记住，我们可以满足青少年的需求，但不能满足他们的欲望，即使每一种欲望都需要被倾听和被承认。

◎ 意识到我们每个人都是自己生活的主人公。

◎ 直面我们的错误。

◎ 敢于表现我们的价值观，敢于兑现符合这些价值观的人生的承诺。

◎ 平静接受、辩证看待各种行为和事件。

◎ 永远“活在当下”，即此时此地。

我希望，所有那些需要陪伴和支持陷入困境的青少年的人，或仅仅需要与其建立关系的人，都能从上面的一些观点中获益，并拓展、深化这些观点。

青少年的爱情与秘密

虽然冒着会刺激到成年人和父母的风险，但我还是认为，不能再赞美或美化青少年的爱情了。这些爱情往往不稳定，难以维持且困难重重。它们能反映青少年在这一时期所经历的矛盾和困难。

要想遇见爱情，就需要具备承诺和结合的能力，爱情是一条充满陷阱、障碍和错误的道路。要能够爱别人，必须先学会爱自己。

恋爱关系的隐私，包括伴侣的隐私，往往会在价值判断、评论和吹嘘中被践踏。这些爱不是礼物，而是需求，也是要求。这是不成熟的爱情，早熟的爱情，也就是说，不具备充分发展的全部要素，因为青少年被困在了几种需求之间：

◎ 被爱的需求，或者至少讨人喜欢，但害怕被期待；

◎ 爱的需求，自我感觉受欢迎、被认可。

我称之为“伪爱”：需求的爱，恐惧的爱，缺失的爱，消费的爱，等等。要想遇见渴望已久的爱情不是易事，这是老生常谈了，因为这种爱情在对方身上承载了太多的理想和期望。

青春期是一个过渡期。如今，这个过渡期越来越长。青春期是童年时期和青少年的想象国度“成年世界”之间的过渡。因为独立的年纪在一个世纪的时间里推后了十年，所以“大龄青少年”这一群体变得越来越多。

因此，青春期是一个不确定、过渡和试验的年纪。在这个年纪，所有自我探索的矛盾都会呈现在眼前，甚至放大。这条路上充满了怀疑和疑问，充满了恐惧，充满了断言和绝对的确定性。青少年会体会到一种无助感和拒绝束缚的冲动。在这个年纪，赞许的需求和肯定的需求不相上下。社会性的不成熟加上情感的不成熟，这句话没有任何贬义，只是对青春期的双重性的一句总结。

而且很明显，所有这一切都将在恋爱和性启蒙（或许应该说性试验）过程中加剧。你会注意到某些重要因素，那就是话语和实践之间的距离：

◎ 在话语中，有一种倾向于将感情、性关系、安全和持续时间联系起来的渴望和顾虑；

◎ 在实践中，生活中的爱情和第一次性经历是分离的：一边是不可预测性和探索，一边是观望主义和对质。

青少年的性

性的问题对男孩和女孩来说似乎完全不同。

对于男孩来说，性经历或性行为（我暂时不称之为性关系）更多的是一种冲动、占有，是一种标志性的印记，一种可能性的证实，有时甚至是一种表现的证实。有些人渴望证明一些东西（同龄人间的压力、冲动、吸引力）："我有能力……"对他们来说，性行为是属于当下的，是要经历的。

对于女孩来说，我觉得这更像是她们必须给予自己的许可。"只要我没有给予自己这种许可（使自己成为人生的主角，作为主体，而不是对象），我就感觉缺少了什么东西。""有了第一次之后，我就可以决定做任何事情，我可以等待，可以将情感和性行为更紧密地联系起来。"

当谈到青少年的性时，我们必须考虑三种截然不同的情况：

◎ 身体的变化和初次的兴奋：幻想；

◎ 初吻和动机：好奇心。通常与不同的伴侣还有最初大胆的、想象的、期待或害怕的爱抚（调情期）。动机：探索；

◎ 第一次的关系：15% 的女孩说她们有过被强迫的关系（其中 8% 是被认识的人）。要小心的不是陌生人，而是熟人！女孩的进一步动机：爱（需要以爱之名为第一次的关系正名）；对男孩来说则是：吸引力和他们自己的生理欲望。

在青春期中，爱情的重要组成成分，比如欲望、吸引力、感情（包括所有突然出现并激发情感的想象）、关系（基于沟通质量的联系）、身体的变化、性欲和由此带来的正面或者负面的发现，会发生对峙、冲突，并不能总是结合在一起。

在男孩或女孩变化的过程中，每一个组成部分都会在某一时刻占据主导地位。但困难的是，在同一时刻让两个主导成分相遇或者共存！

学校，不可回避的地方

L'école, lieu incontournable

教老师和家长沟通的方法

我有一个项目，旨在教学生在零暴力的条件下进行人际交往，并教他们一些人际交往的健康守则。为了做到这一点，为了克服大家在这方面的疑虑，我借助这个机会培训老师，提高参与此类课程的孩子父母的认识。

具体而言，项目的第一部分——培训教师——是可以实现的，既可以作为初步培训（教师培训），也可以作为继续教育。甚至可以开设一个研究关系沟通法的本科学位，这可以成为简历上的加分项，提高老师的竞争力。这个文凭可以通过两到三年的若干学期考核予以评定。

项目的第二部分则在于提高家长们的认识，这才是一个真正的问题，因为学习一种全新且不同的人际关系，会在第一时间与某些教育理念和价值观发生冲突。

假如一个十二岁的孩子在学校学到，一段关系中总是存在三个方面：对方，他自己及两者间的关系。并且每个人都要管理各自的一端……当放学回到家时，我们可以想象一个父亲的惊愕，因为当他责备孩子学习成绩不好时，可能会听到这样的回答："爸爸，我成绩不好是我的问题，我一个人负责。但是你看到我分数时的担心、不安和愤怒……是你自己造成的。我们能抽空谈谈吗？我谈谈我课堂上的问题，你谈谈你的感受，尤其是我给你造成的伤害或者留下的烂摊子……"

我看上去是在开玩笑，或者描绘了一个超现实的场景。但是，依靠一些关键的概念、人际关系的健康守则等其他辅助性工具，学会有意识地交流，我们不仅可以改变家庭关系，也可以改变社会关系。

我以另一种更沉重的情况为例：对儿童的性暴力。

我们在学校应该很早就知道，每一个人都会从周围的人那里获取两种信息。

◎ 积极或正面的信息，如果我们知道如何接受、放大、强化它们，它们就会滋养我们的生命力，给我们补充能量，并增强我们的自信和自爱。

◎ 消极或暴力的信息，其本质是贬低我们的资格和价值，在道德、心理或身体上进行攻击，这些信息将使我们失去活力，损害我们的生活，这些信息是“消耗性”的，将会削弱我们的自信和自爱。

我们还应该通过一些象征性的方法（可以借助一个物品和一封信，在信里明确指出受到的暴力是不好的，不希望将这些暴力留在身体上和精神上），教育孩子可以在其他人身上回击暴力和归还原本属于他们的观点。

如果我们把这两个基本要点教给孩子，我相信世界上的暴力会减少，成年人的责任感会增强……

然而前提是老师们的观念也要发生一些改变。当他们降低、贬低或诋毁了一个孩子的价值时，他们得接受在办公桌上可能会出现一个小东西，并附着一张纸条，上面写道："老师，您把我当成傻瓜是对我的暴力。所以，我把现在您的观点还给您，把这个小东西也留给您……"

那些读到我这些话的人会气愤大喊……他们是有理由的。然而真正值得气愤的是，我们成年人毫无节制地、真诚却又盲目地将我们自身的害怕、自身的欲望和自身的信仰，尤其是大量负面的信息放置在孩子身上，玷污、摧毁、扼杀孩子对自己的能力和潜力的信心。更气愤的是，有些孩子可能会滥用这种方式，或者拒绝接受成年人的任何影响。但我认为，当一个孩子受到尊重时，他不会想要滥用别人给予他的尊重。

不幸的是，有些阻力……

在每个圈子里，都有人抵制更加专业地学习人际关系，反对非暴力人际交流的发展。

我甚至对这些决策者缺乏沟通相关的意识感到震惊。这方面已经有许多著作，一些项目，一些想法，许多虔诚的愿望和一种传达了大量抽象想法的意向，但很少有具体的决策、可实施的参考标准和实践方法。没有一种可行的方法向儿童和成人传递另一种沟通方式，去取代主导当前生活各种领域的方式。要想改变心态是多么困难！有多少人迟疑、抗拒、拒绝，甚至还有流言歪曲这个将沟通作为一门完整学科在学校进行授课的简单想法！

在我收到的来自老师或者某些学校负责人的回应中，他们咨询了各个方面：下一步该怎么走？如何引起教师更多的关注？如何克服和超越改变沟通带来的惯性和阻力？

我们必须认识并明白，所有涉及人际关系的问题都会给每个人的私生活和社会生活带来挑战，首当其冲的就是信仰。沟通是一个敏感的话题，涉及我们与世界的关系，并会影响到夫妻生活、家庭生活、学校生活、健康，以及所有的风俗习惯。简而言之，这不仅关系到个人，而且关系到体制结构，如教育、司法、卫生、文化、娱乐……尤其是公民身份的基础。

而且，我要坦白地讲，正因为如此，一些团体很有本事也很巧妙地开设了一些人际关系的伪培训课程。但他们并不是像自己宣称的那样，试图解放人们，促进个人发展，或是引导人们过上更美好的生活。相反，他们是为了更好地操控、征服和束缚他们。

显然，人际关系的培训是一个充满风险的尝试……如果培训没有一个明确的目标，就会充满危险，甚至可能会陷入僵局并偏离本质。而这个目标是，让人们变得更加有责任感，更加和谐，更加尊重自己和他人，同时谱写自己的生活。

我强调这种教育实践，是每个人都可以获得的，是可以传播的，符合现实的原则，并可以在生活的方方面面进行实践。在我提出的人际交往中，我提倡问责制。我们生活在一种援助和受害的文化中。我们把错全部推给别人，省去对自己的质疑和改变。

我们提倡在学校教授人际交往健康守则，是因为能够给学生带来看法和行为的改变。这个守则旨在学习与别人对话，而不是谈论别人。许多人无法接受这样的规则，因为与他人交谈意味着谈论自己，能够定义自己，有自己的立场，能肯定自己，同时可能会揭露自己。对这些人来说，谈论别人，从对方的角度思考，是更加谨慎和重要的。请你们做一个实验，选一天，让一个亲近的人谈谈他自己的内在，他是怎么样的人，以及他具有怎样的个性。你会发现人们很难定义自己，很难谈论自己……

遵守在学校里学到的人际关系健康守则，在家里和业余生活中好好利用，使用便于沟通的工具，比如可视电话，就是迈出改变的第一步。这样，我们不仅能改善一些成年人的行为，也能改变一些孩子的行为。

教育中的权威和权力

一个值得我们充分重视的基本教育问题，或者说教育学的核心问题，就是教育的权力和权威。我记得在人际关系领域：

◎ 拥有对某人的权力，就是通过约束施加影响，不管这种约束的形式是什么；

◎ 拥有对某人的权威，就是对某人产生影响，使他能够实现自我，做自己，成为自己生活的主角……

从小学会沟通是打击甚至预防暴力最可靠的方法之一……多年来我一直在努力奋斗。

我不相信补救方法。我认为从源头上做这些很重要。

你肯定知道，孩子们（以及曾经是儿童的成年人）的暴力是一种语言，是一种面对无助、恐惧、不公、羞辱、误解和无视的回应。但这是第二次的暴力，作为成年人，我们必须扪心自问，第一次的暴力是如何产生的。

为了说明我的观点，我将从一个普通的学校场景开始讲。十二岁的保罗正在上数学课，他突然朝隔壁的皮埃尔喊道："切，你真烦人，你什么都没有……"然后，皮埃尔就打了他一拳。老师立马制止，做出保护和惩罚的举措，如果他不了解情况，没有问"发生了什么？"而是问"你们俩怎么了？"的话，他可能什么都不会明白。因为在冲突中，重要的不仅是事实，还包括每个参与者的经历。

然后老师会明白，每个孩子在开始的时候都经历了不同的体验。保罗同意借给皮埃尔墨盒，但从开学到现在已经借了快三个月了，这种情况让他很不舒服。今天早上，保罗生气了，决定摆脱这个被皮埃尔剥削的处境。"你真烦人"这个词似乎是导火线，保罗是在谈论对方，而不是在和对方讲话，因此，他没有告诉皮埃尔自己的真实感受。保罗的辱骂是第二次的暴力，而他三个月以来承受的是第一次的暴力。

与原始暴力相比，皮埃尔的一拳是次要的暴力。也许皮埃尔是一个有欲望的孩子，他的父母在没有教他区别需求和欲望的情况下，就对他施加了隐性暴力，或许他们骗孩子说一切都是他应得的，无须任何交换。而他所要做的就是去要求，去索取，去拥有，去得到……

这是一种从未被提及的暴力，是一种在养育孩子时，忘记我们的存在是为了满足他们的需要，而不是满足他们的欲望的暴力。这种态度可以让他们产生一种需求动力和消费动力，使他们对失望的容忍阈值变得非常低，导致任何与现实的接触都会被他们视为一种侵略。于是，他们才会做出反抗侵略的反应。

如果防治校园暴力真的变成了各级教育领导优先处理的问题，那我的努力还是起到了一些作用……因为我担心在将来，老师们会越来越难面对这种暴力。毕竟，这种暴力如今已成为孩子和成年人最熟悉的语言。

我要强调，这个问题甚至有点紧迫。我们讨论了暴力，但我们还没讨论对自我施加的暴力：儿童的自杀，与自杀无异的吸毒，作为防御的躯体化[①] 症状……

是的，尽管人们对所有涉及沟通的问题都有所抵制和保留，但是问题依然刻不容缓。决策者应该承担起相应责任，将公民意识教育和非暴力人际交往教育纳入教育方案中，教孩子们去发现开放式的沟通：要求、给予、接受、拒绝，这是所有交流的基础。

① 躯体化：一个人本来有情绪问题或者心理障碍，但却没有以心理症状表现出来，而转换为各种躯体症状表现出来。——译者注

学校，学习沟通的场所

当前，学校一个主要的不足之处在于，过于注重（许多领域）新知识的学习和一些技能的整合。相反，学校并没有教授足够的：

◎ 处事能力（能够肯定自己、确定自己的立场、定义自己）；

◎ 发展能力（明白我们是在不断发展的）；

◎ 创造能力（不要把自己限制在贫瘠的确定性中）。

处事能力、发展能力和创造能力都是建立在人际交往能力的基础之上的。

学校应该尽早教育孩子如何表达自己，如何被倾听，从而使孩子能够在互惠的条件下进行交流和分享。

我认为学习人际交往是对抗暴力的唯一一种非暴力的解决办法。在我们今天生活的这个世界，暴力已经成为一种语言，并在所有社会和所有社会阶层中随处可见，尤其在儿童群体中开始出现得越来越早。

我有一个愿望，我想让学校教授孩子们人际关系的健康守则；让孩子们在没有力量对比、没有支配关系、没有依赖关系、没有任何隔阂的情况下，进行沟通、分享和共处。

改变，是必经之路

Le changement, un passage obligé

艰难而激动的觉醒

20 世纪，尤其是后半期，出现了大量关于提高生活水平的研究和方法，还包括借鉴众多个人和群体的经验，加入追求幸福的队伍。

起初，人们只是偶尔有一种模糊的需求，想要超越自己的局限，克服固有的条件，挑战信仰和习惯，想要摆脱一种压抑或过于狭隘的参考体系。有时，挑战的开始只是因为一次见面、一个广播或电视节目、一次会议、一次阅读……

“我读到过一句简短的话：‘勇敢地过你的生活，因为只有你一个人会过。’这句话在我脑海里萦绕了多日。它就像一种暗示和邀请，请我尊重自己。我接受了心理治疗，它完全改变了我与世界的关系，尤其是我和丈夫、母亲之间的关系。改变的进程开始了，我生活的一部分发生了变化：我换了一份工作，拥有了更好的人际关系。”

在其他时候，关系破裂、死亡或疾病暴发等生活中的危机都能成为改变的触发因素。

“我完全没料到女朋友会离开我。我盲目地和她生活在一起。我们住在一起九年多了。我们相处得很好，我以为我会让她感到幸福……让我心碎的是，她不是为别人离开，而是为自己离开：‘我喘不过气了，我无法成长，我和你的关系毫无发展。’我为这句话争论了很长时间。我觉得她没有根据，自私自利。在好几个月的时间里，我都怪她，把我痛苦的责任都推给她，这让我平静了不少。

我又谈了几段感情，不得不说，我找女性是为了证明我并没有她说的那么糟糕……直到有一天，她们中的一个给我看了一本书，然后给我上了一门……自爱的课。后来……今天，我可以毫不讽刺地说，她的离开帮了我很大的忙。是她唤醒了我。”

在变化所带来的觉醒中，让我触动和惊叹的是，有些人能通过一个字、一句话、一句格言产生共鸣。它们像一块拼图，恰巧出现在正确的地方，出现在他们的故事中，揭示一些群体的难言之隐，给事件赋予了意义，释放一些能量或引发一些质疑。

“当妻子把这本《勇敢地做自己》给我的时候，我以为她在取笑我。那个时候，我的生活简直变成一堆疯狂的泡沫，充斥了我的每一天。慢慢地，我在绝望和空虚中从酒精转向了大麻。改变的起因就是这本书的书名，它让我开始着手研究自己。欢迎我的互助小组给了我一个重新发现自己的机会。是的，我开始‘勇敢地做自己’，放弃这些痛苦，重新发现生活。我很高兴我又重生了，我想和您分享我的喜悦……”

当一个人开始进入改变的过程时，他或许会兴奋，或许会抗拒，有时甚至会自我毁灭，徘徊不定；他可能会停滞不前，甚至误入歧途。因为改变是一项真正的机械性和生产性的工作，每个人都将带着自己的局限性和可能性进入这个过程。

转向自我还是转向他人？

心理学和精神分析学的发展以及各种治疗法的出现，使得个体获取改变或发展的渠道日益多样化。然而在这种背景下，有人开始怀疑这种个人化信仰存在局限，甚至是危险的。

但是我认为，许多人混淆了寻找内在的自我和个人化的信仰。在他们看来，个人化信仰会加剧出现在社会中的个人主义或自恋。因此，请允许我重申所有觉醒和自我发现将会导致哪些后果。

无论这种活动是自私的（以自我为中心）还是利他的（以他人为中心），都将导致至少五种方向上的不同程度的变化。

◎ 男女关系的变化。男性会更加开放，会更加关注交流、分享、自我表达，甚至更容易接受自己女性化的部分。女性则会减少“受害者”心理，减少依赖的倾向，对自己的欲望给予更多的肯定和更好的定位。

◎ 用更加批判的眼光看待与消费社会的关系，更加警惕与大自然的关系，更加关注生物多样性。

◎ 提高对生态型关系的认识，即寻求更友好的关系，更加注重分享和互惠。与自己的过去和原生家庭进行澄清与和解。通过一些严格的练习（瑜伽、冥想、武术）更好地照顾自己的身体，保持身体健康。

◎ 放弃过去过于幼稚的信仰，接受其他精神层面的途径，对灵性具有包容开放的态度，达到一种精神层面的和解。接受一种精神上的游牧主义，从不同的宗教流派中汲取对自己有益的东西。

◎ 与自己和他人建立更好的关系，更好地倾听自己和他人的关系需求。

于是，随着20世纪80年代新纪元运动[①]的退潮，个人化信仰似乎正朝着利他主义甚至团结一致的方向发展。这一风潮曾是人本主义心理学运动中最耀眼的部分，关注个人的发展和变化。而媒体却从这股浪潮中大肆获利，有时不惜让人们丧失对一些方法的信任，甚至常常歪曲这一运动的深层含义。事实上，这一运动同我们在过去三十年中所看到的社会变革一样重要。

在这里，我并不是想重兴这种个人化信仰，而是想要强调这种信仰对自我关注具有的积极影响。

① 新纪元运动，又称新时代运动，是一种去中心化的社会现象。起源于1970—1980年西方的社会与宗教运动。新纪元运动所涉及的层面极广，涵盖了灵性、神秘学、替代疗法，并吸收世界各个宗教的元素以及环境保护主义。——译者注

改变的方法

人生的一大悲剧在于，我们从出生起，在心理上就是未发育完全的，我们需要通过斗争来摆脱（首先是对父母或亲戚的）依赖，以获得更多的自主权。我们带着各种目的，通过各种方式，试图影响我们的环境，超越我们的极限，开发并拓展我们的潜力，尝试找到行为的意义和人生的目标。在我看来，正是这些塑造了我们的人生。

每个人的人性都在脆弱和伟大之间、在游离和稳定之间、在恐惧和勇气之间摇摆不定。在人性中可以找到推动个人改变和发展的方法。近年来，这些方法被社会各阶层的男性和女性采用。

在过去的四十年里，“私密和绝望的市场”过度膨胀，随处可见实实在在的焦虑、烦恼，以及对改善自己、亲人和孩子生活的渴望（这是许多女性的一大动机，促使她们进行一项名为“自我修养”的活动）。

当然，也有一些应对办法，比如修身养性、陪伴（辅导）、冥想、放松、藏式按摩、虹膜诊断学，等等。许多治疗方法或改变途径已被证实有效。相比之下，有他人（咨询师、活动组织者、治疗医师）干预的手段则存在更多争议。问题是如何将有能力、经过专业培训、有职业道德的人，与那些不达标的人或贩卖幸福的商人区分开来。这些商人提供的解决方法只会让“客户”更加依赖他们，相信没有他们，自己就会迷失！我建议人们去向那些专业、有能力、有经验，尤其是公认的专业机构的人寻求帮助。

如果从人际关系的角度出发，立足以下几个基本点，这些方法将发挥更大的影响：

◎ 直接、持续的接触，即在讲述者和倾听者之间建立一种明确的契约关系；

◎ 讲述者分享个人生活或职业生活的经历；

◎ 引导者要积极倾听，关注人（而不是问题）；

◎ 双方对彼此有信任和安全感。

在我看来，任何指导都必须由在倾听过程中关注人本身的专业人士来完成。在需要承担重大责任和对自己做出承诺的情况下，讲述者经常面临一些冲突、矛盾的选择，甚至是自身的价值观与社会或职业价值观产生冲突。

而且，不同于某些人的观点，我不认为这种咨询是对个人生活的越界。尽管这种方法经常呼吁寻求新的价值观，但并不需要担心咨询这种行为。真正应该担心的是，一些太过偏激的教派对私人领域的入侵，以及随之而来的惊人的依赖和倒退！

不可缺少的梦想

Le rêve indispensable

渴望改变生活！

渴望改变生活会让我们更加快乐吗？我可以想象，当一个人梦想着一种更好的生活，渴望摆脱窒息的束缚时，他肯定会“暂时”更加快乐。

希望改变，首先意味着想要克服一种令人失望的情况，一种令人沮丧或受到威胁的生活方式。这通常是一种愿望，即希望看到生活中重大的关系（工作关系、恋爱关系、婚姻或家庭关系）发生变化。对变革的渴望，包含着一种能激发活力和勇气的希望，能使我们更加无畏地面对发生的事情。这种对近期或遥远的未来的期待，能帮助我们以更强大的善意、更多的精力来面对当下。

我们的社会和生活方式在很大程度上是被格式化的，被限制和约束主导的。当我们幻想过上的另一种生活不太脱离现实的时候，这个梦想是非常有活力的。它可以帮助我们改变视角和行为举止，激励我们超越自己。即使不是所有的梦想都能实现，但它们也承载着一种动力。我不认为这种想法会导致长时间的抑郁倾向。

我相信，让梦想成为现实就在于努力实现，否则它终将只是一个幻想。然而一个人可以长时间活在一个梦想中，多年以后才实现它。梦想就像一根导火索，有时能引发重大的变化，并使我们走上与预期完全不同的道路。

随着年龄的增长，我们的梦想也在进化、改变，或者以另一种形式、另一种维度继续存在。

我们二十岁时的梦想往往比较宏大：渴望改变世界，渴望发现爱、真理和卓越，渴望行善事，消除世上的不公、战争和苦难。

我们三十岁时的梦想更加私人化，与日常生活紧密联系，追求更好的物质、家庭和职业生活。

不久以后，我们的梦想更多地和亲人相关：父母（的健康）和孩子（的学业、成就、生活中的约定）。

再后来，我们的梦想变得更大，更利他，更人本，没那么物质，或许还带有一种精神追求。

至于爱情的梦想，我恐怕得说，我们今天（我坚信这一点）对爱情的评价过高。我们错误地将所有的力量归为爱情：修复我们童年的创伤、我们的转变、使我们放弃依赖或危险的行为、让我们更勇敢地面对工作或社会中的困难，尤其是，给我们力量去抗争时代的暴力。我当然相信，我们可以依靠爱情带来不可思议的活力、力量和创造力（这比我们想象的更难得！）。但是，为了让爱的梦想在现实中找到容身之处，我们必须知道，夫妻两个人能长时间在一起，并不只是因为爱情，更是因为他们能够给彼此提供高品质的关系。

梦想中的旅程

当一个想法出现的时候，当一个梦想出现的时候，当一种欲望出现的时候，我们并不知道会发生什么。在尝试之前，没有人知道自己能做什么，自己能实现什么。

有时，我们需要很长时间才能让一个想法发芽，需要很强的意愿才能把它从想象中释放出来，需要极大的热情才能把它投射到现实当中，需要极大的精力才能把它与周围的现实进行比照。然后，我们就迫切地需要找人分享，找到支持我们的伙伴，找到让它在我们日常生活中扎根的具体方式。

这就是我所经历的，一个曾经在我心里驻扎了二十年的伟大梦想诞生：追随智者的脚步，踏入中国这个幅员辽阔的国家。我在1995年实现了这个梦想。而我最初的动力，是我的孩子们给予的。在我的生日那天，由于我的工作日程终于有了一点空闲，我出乎意料地收到了他们寄给我的一份入境中国的申请材料。之后我意识到，这份礼物一定会把我带到遥远的国度。

对我来说，中国之旅是一项名副其实的挑战。我甚至报名参加了一门课程：学习一些基本的汉语，以及一些英语表达。探索的激情帮助我克服了自己的习惯，帮助我准备好邂逅另一个国家和另一种风俗文化，以及一种我就要开始驯服的完全不同的象形文字，尽管我已经在研讨会中用过几次。

我的一个女儿，当时正在普罗旺斯艾克斯读大学，平日和我住在一起。在我离开前的一个月，她每天早晨都把她的关心，以她温柔和创意的方式，悄悄表现在早餐桌上或冰箱门上。从中国娃娃的精彩照片，到漓江、桂林，再到天安门广场，我女儿就用她自己的方式向我预示即将到来的旅行，她用红墨水笔写道："早安，我最爱的爸爸！你懂的，我包里不止有一个锦囊妙计，抽屉里也不止有一张照片！祝你有美好的一天，想你。致以我全部的爱。你心爱的女儿。"每天早上，我就这样迎来一个又一个等待着我的美好：故宫的入口、白色大理石阶梯上的龙、天坛、宝塔上的瓦片、草帽上的条纹、雄伟壮观的珠穆朗玛峰所养育的稻田和神话般的长城。以及那些数不尽的小纸条"我亲爱的爸爸，中国每天都在大步向你靠近……温柔地靠近。”

所有这些留言都让我想起了童年，让我想起了圣诞节清晨的迫不及待。我准备着迎接所有的惊喜。每天早上，我都期待着女儿的创意和她准备好一切的毅力，她一定准备到很晚。她还会像往常一样，顺便给我留个言：“我今晚不在家吃饭，我会晚点回来。周末愉快！”

她开始仔细地倒数着日子：“十三天后，中国就属于你了。抱抱。”“今天是你最后一堂英语课了。为你感到骄傲，爸爸，进步不小，祝贺！ Have a good day ！”图片总是经过精心裁剪，格外漂亮，有戴着精美面具的中国戏剧演员、有西安的兵马俑、有街头吃早点的人、有颜色鲜艳的佛塔、也有孩子们的笑脸、还有观音菩萨雕像旁驶过的双层巴士、最时髦的广告，她在旁边写道：“这个传统与现代并存的伟大国家……爱你。”

日积月累，冰箱门上几乎再也贴不下我们吃饭时一起看的中国地图和图片。

这是一次奇妙的旅行。我带上了我女儿一张较早的卡片，上面印着两个神情可爱的中国娃娃，就好像女儿陪伴在我身边一样。我记得在北京的第一个晚上，当我打开我的手提箱时，我发现我的衣服里夹着一个小信封，信封上画着一个圆亭喷泉的小天使！里面有一张圣维克多山的明信片，上面写的话让我如此感动，直到现在，这番感动也仍未褪去："你实现了访问伟大中国的美好梦想，真为你感到高兴！我最殷切的爱的思念与你同在世界的尽头。我爱你，爸爸。睁大你的双眼，写写，画画，拍照，录像，然后满载美好的回忆回到我们的身边！你的小心肝，爱你的女儿……"

是的，我惊叹不已。我一次又一次地惊讶于家人的温柔与温情、惊讶于所有的关心、惊讶于所有的爱的话语，这些陪伴我登上长城，甚至迎接我从中国回家的话语。

生命如此柔软，它就在那里，在我的心里……它完完整整地存在着，存在于我仍在学习迎接的无尽的分享之中，在满满喜悦的接受中，在满满喜悦的给予中。

我由此认识到，梦想必须经过真正的计划，才能在相对井然有序的情况下迎来某一天的实现。我尤其意识到，我们必须花时间做好内在的准备，才能在家人的爱中，实现计划的圆满成功！

梦想的命运

如果你把一连串的梦想扔向天空，可能有一小部分会落在你头上，有一部分一定会变成你亲人的愿望和希望，其余的将继续在宇宙的混沌中航行，等待其他梦想的加入。但大多数时候，你并不知道这世上的梦想将会发生什么。

这些梦想可能会与一些你甚至不知道存在的陌生人发生联系，或与一个孩子震惊的目光相遇，它们会长时间停留在孩子心里，直到变成一项人生计划。就这样，你将播种更多生命的奇迹，这正是世界实现圆满和新生所迫切需要的。

现在，如果你仔细观察所有梦想，你会发现只有一小部分可能会变成计划，也就是从想象变成现实。有些奇迹是非常罕见的，可能会刚好与某个亲人或爱人的梦想和计划重合！也许，其中只有一个梦想，会跨越所有的障碍，成为一个重要的发现、一个伟大的成就或是一件艺术品！

你会发现梦想大致有两种类型：一种是你可以独立实现的梦想；另一种是你需要通过他人的参与或帮助才能实现的梦想。

有时你会惊讶地发现，你把人生的梦想作为一种爱的担保或保证，零零碎碎或全部地压在了某个人身上。你有权利收回这些搁置的梦想。不需太过谨慎，但一定严格要求，不要把你的梦想留给那些没资格或轻视它们的人。你要把梦想拿回来，把它们带向更高更远的地方，用希望去灌溉它们。

当然，你也可以痛苦地承认，你的一些梦想只是你自说自话的故事，一触即溃。但你必须承认，除了你之外，没有人有权放弃去继续这些梦想。如果你愿意，就去创造其他或许没那么雄心勃勃或那么神奇的梦想，但它们却更加坚固、更扎根于现实。

但是，如果你发现有些梦想只是一时兴起；有些是可实现的空想，具有合理的动机，虽然长时间占据你，但不会让你精疲力尽或逃避责任，那你就该想想如何处置这些梦想了。如何对待这些梦想，才能让它们在你的脑海中生根发芽？

即便最终，你接受了一些梦想将永远无法实现，无论能否传递给他人，你都参与滋养了人类想象的基础；你都会清醒地、自由地并开创性地取得胜利；你会拥有你独特的作品；你会开启理想的生活节奏，而这种节奏恰恰是世界在无止境地追求虚幻的进步时所迫切需要的。

无用的痛苦

La souffrance... inutile

“缺失”的联系

常常有人问我，关系或者说各种联系的本质是什么？这种联系可以把两个个体维系在一起，使彼此失去自由；这种联系有时会让他们更强大，但也可能会让他们感到压抑和束缚。

在一段关系中，关系的性质和质量会发生变化。关系一方面会随着感情的变化而变化，另一方面又取决于可以被重新激活的过往经历。同时，双方关系也可以随着地位、影响力或对爱情的投入而发生变化。

关系可以被看作是信息、消息流通和交流的路径或通道。交流可以存在两种形式：

◎ 刺激的、营养的、增强的、积极的交流；

◎ 污染的、缩减的，甚至是破坏性的、消极的交流。

在那些能将两个人永久地联系在一起的强有力的关系之中，必定有一种是“缺失”的联系。

正是在这种不断更新的缺失中，在期望和反馈的差距中，由于融合的不可能性和距离的不可避免性（无论多么微小），欲望才能不断新生，保持活力和多样性。

我们会发现，在一些恋爱关系中，有些人似乎需要与对方保持或拉大一些距离。他们似乎被那些最明显、最不可避免，往往也是最痛苦的缺失所吸引和着迷。正是由于缺乏满足感，他们才会被困住，被束缚住，这种感觉把他们的欲望转化成一种需求，把他们的怀旧情绪导向一种伴侣一直在躲避，也永远无法满足的期望。令人不安的是，每当失望重复出现（未满足的欲望），或当不确定或短暂的欲望难以控制时，欲望就很容易转化为需求，至少是以需求的形式存在。

例如，“失望的栽培者”渴望被爱（至少他们是这么认为的）。他们痴迷于缺失，把自己的需求精准地投向那些不喜欢他们或已经另有所好的人身上。卡门对唐·何塞唱道：“即便你不爱我，我也要爱你。”但同时，她又对他说：“但如果你爱上了我，你可要当心。”

许多女性（当然，也有一些男性）承认，她们只会“真正爱上”难以接近或不断逃避的男人！这样的例子比比皆是。

“我过去总是喜欢那些难以接触的男人，就是那些已婚或订婚的男人……”

“最吸引我的……是那些从不自由的人！”

“我情不自禁地喜欢那些名花有主的女人，那些已婚……或者订婚的。”

因此，他们想继续这段关系的欲望和动机会被不断地重新激活，既难以消失，又无法得到充分发展。痛苦和失落给他们一种存在的感觉，一种持续的渴望，一种永久的深情，一种强烈的生机，尤其让我们沉浸在痛苦和抱怨中。“我感觉到心里有个人，当我想他的时候，就感觉痛苦并充实着，尤其是当他不在的时候，或者离我很近的时候！”

“即使她不爽，我也离不开你！无论你爱不爱我，我都会一直爱你，直到你像我爱你那样爱我。”（如果不是这样呢？……如果他终于爱她了……可能她也就离开他了！）

我们有时可以观察到，这种活动从表面上来看是矛盾的，一个人拼命坚持（徒然）去爱一个不爱自己的人，当对方开始爱上自己时，自己却离开了。

这种缺失会产生一种几乎坚不可摧的关系，而这种关系的寿命不仅依靠希望维持，还依靠怨恨、指责或抱怨。“我不能疏远我的母亲，因为她从来没有给过我我所期望的理解和认可。我怨她，恨她，我不断地要求她证明爱我，但她根本不想证明！”这种反复的指责，伴随着要求、控诉和贬低的态度，能够使母亲与她保持足够的距离，甚至会消灭自己想要和她亲近的一时想法。我们有多少次注意到，配偶或伴侣关系中所感受到的缺失，很像过去父母亲所感受到的缺失！即使双方没有一个人清楚地知道这一点，这对夫妇也还是被选中了……就是因为这个原因！

“二十年来，我一直在等着丈夫跟我谈谈他自己。我一遍又一遍地问他，但他却越来越沉默。我在童年的时候就已经受够了父亲的沉默……他总是讲些宽泛和老套的话语，遮遮掩掩，一旦我问他一个很私人的问题，他就避之不谈……”

“我的母亲没有给我任何空间，她想操纵我的一切，我的感情，我的想法，和我与其他人的关系……我到底做错了什么，让我遇到一个占有欲这么强、这么咄咄逼人的女人？她控制着我的一举一动，还想干涉我的想法……”

要想放弃我们原本就没有的东西……似乎很难做到！

我们无法远离自己所没有的东西，尤其当我们依旧相信对方终有一天会给予他所没有给予的那些东西，成为他所没有成为的那种人，说出他从未说过的那些话……一个没有准备好放弃的女人说："最吸引我的、最能牢牢抓住我的是那个人没有给予我的东西，而我依然满怀期待。"当出现分手、绝交或失去的情况时，最暴力的指责是对于"那些没有发生……却本可以发生的事，如果你能明白我真正的期望不是……我的那些要求！"

"我接受不了父亲去世，因为我还从来没和他进行过我想要进行的那种对话，他只会不断地拒绝我，因为我们彼此都知道这会把我们拖得太远。但我真的想试一试！"

"我怪他，不是怪他离开我，而是怪我们不能在一起经历一切！"

即便一段关系已经不复存在，这种怨恨也能持续多年！

另一个可悲的悖论是，我们想从对方那里得到他本来就没有的东西。而这会使得我们得不到对方原本可以给予我们的好。"过去，由于丈夫爱我，所以我爱不上他。我花了好几年的时间才发现我所处的困境……"

对那些被某种缺失所吸引，并强烈希望对方不做任何改变的人来说，聪明地停止沟通可以构筑一种有力的联系！“尽管没信心，但每一次，我都试图重新与他建立真正的对话，然而我知道他会尽可能地避免这种对话。这种希望，这种努力，让我喘不过气，使得我每次失望过后……都会热切地期待下一次。”

“我总是希望下次……会更好，尽管我内心深处知道不会更好，但我依然继续，为了证明自己，为了证明我说的没错……真的不会更好！”

这种由缺乏所孕育的动力常常会发生在贬低自己的人身上。

一个男人多年来都想从一个比他年长一点的女人那里获得对自己莫须有的爱。他会说：“我很理解她不能像我所希望的那样爱我，毕竟我觉得自己没那么讨人喜欢。但是，她只要是对我有一点点感情，她就会完全陷入其中，难以自拔！然而，却是我一次又一次地回到她的身边。而吸引我的正是那种不可能性。”另一个更加理智的人会说：“我不断贬低自己，但其实我贬低的常常是别人。我的价值就在于我的无价值和我在别人身上看到的无价值之间的细微差距。”

这另一个人是在寻找一种能证明他讨人喜欢的评价。事实上，他为了证实这种折磨他自己的贬低感，一直在寻找，但肯定是找不到的。他不愿接受任何积极的评价。就算他得到，他也不会相信。“他跟我说他很欣赏我，但这是为了不让我难过，因为我相信他绝不是这样想的！”

“她不可能觉得我可爱。如果真是这样，那就是她搞错了，她很快就会发现自己搞错了！”他觉得自己没有资格，以至于在他看来，那个爱他的女人也丧失了资格。“她怎么能爱一个像我这样的可怜人呢？那她肯定也没什么价值！”

因此，为了保持对方有价值或理想化的形象，也为了保持自己微不足道的形象，有些人甚至无法相信另一个人对他们的爱。

这让我想起伍迪·艾伦说过的一句话：“我永远也不想加入一个有我这种人做会员的俱乐部。”

从定义来看，欲望让人向往不属于我们的这类人，我们没有的东西。但是，如果这种欲望是针对不可能完成的事物，针对别人不能给予我们的东西，针对他自己原本就没有的东西，针对他原本就不是的人，我们还保持和强加这种欲望的话，欲望就会表现其堕落的一面。

人只有在自己的身上才能找到欲望的答案。这时，欲望才能成为一扇通向每个人最好一面的大门。

啊，痛苦的乐趣！

我并不是在谈论那些不分青红皂白的暴力（比如战争、侵略或谋杀）对我们施加的不公正、任意的痛苦。我想谈谈有些人痴迷于培养的一种特定的痛苦。

忍受或维持痛苦很容易。你只需要反问自己："我的幸福缺少了什么？"很快，许多东西就会涌现在我们脑海里，这些东西会立刻掩盖我们获得幸福所需的一切。我们也可以把别人拥有的和我们自己没有的东西进行比较！因为突然间，我们所缺乏的一切似乎都比我们所拥有的一切重要！

一个男人曾写信给我说："我还不够痛苦。尤其是当我身边的人痛苦，而我却感受不到任何不适或者痛苦的时候，我就感觉自己不正常！当我的朋友难过的时候，她难以忍受我无法体会她的痛苦！这让她更加难受！但显然，我并不想她这样难过，一段时间以来，当她痛苦的时候，而我却体会不到，只能看着她痛苦，我真的很难过……（你能理解吗？）我一定不正常，您怎么看？我还要跟您说的是，当她离开我的时候，我并不痛苦，这让我很痛苦，因为她希望我痛苦，这样，我的痛苦就会向她证明我对她的爱！（您还能理解吗？）”在这种关系中，我忽略了一些问题，尽管我知道我们能使用很多心理招数让自己承受一些痛苦，即便我们并不痛苦！

而另一个人（依然是一个男人）又会对我说：“我很痛苦，因为她太漂亮了。所有的男人都会看她。但她不看他们，她只看我。我本来应该高兴的，但没有，我不在乎她看不看别人。我会觉得，因为她很漂亮，所有她选择我一定是错了。总有一天，她会明白过来，当她发现自己的错误时，她就会离开我。这样，我就不会再痛苦了！我一直等着这一天。”

在每个人的生活中，遭受痛苦的原因是无数的，无论是注射顺势疗法[①]的药剂，还是在影响生活的悲剧、个人事件或创伤发生时。就我个人而言，我认为我们不应该为

① 顺势疗法是替代医学的一种。顺势疗法的理论基础是“同样的制剂治疗同类疾病”，意思是为了治疗某种疾病，需要使用一种能够在健康人中产生相同症状的药剂。——译者注

了快乐而痛苦。我相信，正如艾曼纽修女所言，“……我们生来就是为了幸福”，“我们必须要有勇气幸福”！但当我们知道我们周围甚至全世界都充斥着苦难、暴力和不公正时，这些话似乎是自相矛盾的。

心理上的痛苦是一种语言，是对古老或陈旧的创伤的一种表达，一般会发生在暴力的信息、行为或举止之后。

身体上的痛苦是身体对侵犯和暴力的一种反应，是一种迹象，是我们在无法忍受和难以接受时对自身和他人的反馈。

“我希望你能满足我的需求……”

在我收到的大量信件中，人们常常提到需求的问题，有对生活的需求，有让另一个人或者另一些人满足的需求，也有少部分，仅仅需要别人重视和聆听的需求。

这是一种需求主义，它不仅会强加给那些有需要的人，而且也会强加给他们亲近的人和不那么亲近的人。而身边的人有时会发现自己被要求去倾听，去行动，还要做出回应！“每次他让我为他做点什么，我都觉得自己被绑架了。我以为我嫁给了一个成年人，我以为他有能力满足自己的需求，而不是把这些需求强加于我！当我不想顾及他对我的期望时，他就丧失希望，悲伤难过，有时甚至咄咄逼人……”

“我有时会害怕周末的到来，因为我知道，从周六早上开始，甚至在我睁开眼睛之前，我就会淹没在一堆要求之中，以至于我会后悔没去办公室或其他的地方，而是在那里……”

因此，在许多亲密关系中，一方悄悄地就被安排了一种任务，即满足那些无底洞般的各种需求。

需要被倾听、被认可、被理解、被爱，需要被经常看到，需要更深入、更亲密地接触……需要分享，需要沟通，需要和对方快乐地在一起……需要更亲密，需要更尊重。需要我不那么想你，需要你经常地陪伴，需要你对我说我爱你，需要你不要在公共场合打断我说话，需要我们更频繁地一起出去，需要你给我生一个孩子，需要你只爱我一个人，需要你在做爱时不要着急，需要你对我说一些甜言蜜语，需要你向我承认我对你很重要……

可以肯定的是，每一种需要都有它自己的理由，大多数的需要都不过分，它们表达了需求者的活力（或焦虑、沮丧……）。当我们没有把需求与欲望混为一谈时，需求的特性要求满足、弥补和安慰……这就导致，当它得不到满足时，就会在它周围产生次要的、寄生的需求，这些需求会侵入一段关系，并对其造成严重损害。于是，我们不去听，不去看，甚至进行明确的拒绝。但这些逃避和躲避性行为，要么会强化需求，要么会引发无法解决实际问题的反应和行为。

那该怎么办呢？或许，正如一位读者所建议的，我们应该勇敢地说："我和你结婚不是为了满足你的需求，而是为了能够共同成长，为了变得更加成熟，为了分享自由。"当我们可以进行互惠的交流时，我们要学会坚定自己的立场，明确自己的局限、期望和底线。或许，对于那些经常表达强烈需求的人来说，他们还可以试着在所表达的期望背后探寻自己真正的需求……

幸福与否

Être heureux ou pas

追求幸福

"幸福不在于获取和享受……而在于自由。"

——爱比克泰德

今天，我们可以看到社会中充斥着宣称可以给人带来幸福的各种方法、产品和书籍。"个人发展"的货架或"幸福商店"正在迅速扩张。

我们不能售卖一个结果，这是我的道德底线。我们可以提出一些针对人际关系的方法、治疗方案或者培训课程，每个人都可以因此改变自己……或不改变自己，但是我们不能售卖一种生活方式。

我认为，学习如何幸福，主要可以从学习如何更好地与自己和他人交流入手。与一些人的想法相反，我并不培养任何人的幸福感。我提出一些可以改善生活的方法，减少不适感，让人们在生活中体会到更多的融洽和更多的自由。

多年来，为了让每一个鲜活的生命都找到自己生命历程的四个支点，我一直在努力写书、参与会议，我认为这是最基本的四个支点：学会自爱、学会自尊、学会对自己负责、学会忠于自我和自己的价值观。

我的教育方法基于人本主义心理学。20 世纪 60 年代，得益于卡尔·罗杰斯的“以人为本”、弗里茨·佩尔斯的格式塔学派、格雷戈里·贝特森的系统论、埃里克·伯恩（Eric Berne）的相互作用分析，以及亚历山大·洛温的生物能，我们才避免了“分析心理学统治人文学科”。除此之外，近年来还有许多其他的学者：比如盖伊·科尔诺（Guy Corneau）、托马斯·德·昂桑布尔（Thomas d'Ansembourg）和克里斯托夫·安德烈（Christophe André）。他们开辟了一系列的方法和途径，帮助大家克服阻碍了许多人追求幸福的家族性神经症。

作为一名人际关系方面的老师，我注意到人类在制造不幸的方面有着惊人的能力。我想说的是，我们体内居住着一些可怕的自我毁灭者（反复的行为、态度和举止），它们会使我们做出与我们的愿望截然相反的决定，与深层个性相悖的行为，使形势对我们不利。这些自我破坏机制非常有效，它们阻碍了我们充分实现自我。它们是我们自由和幸福路上的真正障碍。是的，我们正在对自己进行一场可怕的掠夺，这点，我们必须要认识到！

我曾经写了一本关于（并献给）自我毁灭者的书——人类出版社出版的《如果我就是我，我会伤到谁？》（*À qui ferais-je de la peine si j'étais moi-même ?*），以帮助人们识别这些机制并摆脱它们。我在下方简单地引用了其中的一些内容：

◎ 每当我们站在别人的角度思考，每当我们想到将要说的话、将要做的事，或者不去说、不去做的事会伤害、妨碍到他人，或使我们被他们拒绝（最猛烈的谴责）时，潜意识的压抑机制就会启动；

◎ 害怕改变，害怕未知，害怕亲人的反应；

◎ 但同时，又害怕造成伤害，害怕在别人面对困难时表现出自私和满足。

在我看来，幸福是体验自身的双和弦（音乐术语）：是与自己的和弦，在自己的所感和所行、所思和所言之中；是与周围人的和弦，他们聆听和满足我最重要的人际关系需求。当我感觉到自己可以倾诉、可以被倾听、被认可、被重视，感觉到自己的私生活受到尊重、感觉到自己可以影响周围的人、可以憧憬明天会更好……那么，我就有可能走在了感受幸福、自信、自尊和自爱的路上，而这些都是个人幸福的基础。

幸福就是此时此刻，在不需要依赖物品、他人、社会成功法宝或财富的情况下，能够与自我和他人和谐相处。这意味着敢于说“是”，发自肺腑，毫不亏欠，完全自由；也意味着敢于说“不”，毫不内疚，坚决果断，尊重自己。这是在征服一种存在的自由，使自己坚信，自己在没有任何迟疑、保留或不适的情况下活着，并为自己的存在感到幸福。正是这种希望满满的感情，让我沉浸在对生活的渴望中，沉浸在生活的欢乐中。

人们获得幸福的一个关键方法，就是在一生中不断学习尊重自我、宽以待人、培养“美”、团结互助和践行诺言。

我梦想有一天，我们会拥有一所“幸福学校”。在那里，关系沟通能够使大家建立关系、交流和分享，有助于每个人获得幸福。这所学校将教我们如何去迎接幸福，当幸福来敲门时……

满满的幸福

幸福是短暂的，
简单的欢乐，
恰当的举止。

围绕着生命的美丽，
惊叹于存在的奇迹。

日常生活中的幸福，
是水晶灯里的礼物。
简简单单的幸福，
闪烁炽热，源源不断，
就像一次深呼吸，
发生于眼花缭乱的现在。

幸福，
是每个人心中，
珍贵、神奇又神秘
渺小而静谧的火焰。

你最想要什么？

当被问及这个问题时，我们最常听到的一个回答就是："我想要幸福！"如果我们继续追问："什么才能让你更加幸福呢？"他们就会脱口而出："有人爱我！"因此，对这一愿望（或需求？）给予积极的回复便能满足想要幸福的人。

然而，一个想要被爱的人很少会去质疑自己爱别人和给予爱的能力，也很少会去质疑自己接受爱的天赋（或笨拙）、放大爱的能力，抑或去评估自己贬低别人所给予的爱的可能性（比我们所想象的更加频繁）！寻找幸福的人想要被爱，就像在寻找一种应得的东西，仅此而已。他想要另一个人，一个女人或一个男人，对他有一种独特的感觉。

但他以为，如果这种感觉降临到自己身上（他终于获得了爱！），他就能爱别人了吗？

我们是可以获得爱的，也就是说，我们有可能在被爱的情况下，不知道如何去爱！而这一切都发生在我们渴望被爱的过程中，就好像我们在想要被爱的时候，没有尽到任何回报的责任，仿佛我们不需要怀疑自己是否有一种爱的感觉。我倾向于认为这种被爱的需要是一种需求（而不是欲望），因为它不涉及需要者的回报（互惠）。如果他自己的需要被满足时，他就不必担心对方的需要。当想要被爱的需求得到满足的时候，需求者可能就会这样想："如果别人爱我，那是因为他很高兴爱我。我不欠他任何东西，所以一切都很正常！"

事实上，我在晚年时发现爱往往是单向的，这种情况比我们想象的要多得多。可能会在没有互惠或者没有回报的情况下付出爱，但是到了某个年龄阶段，我们会发现去爱比相爱更重要，更深刻。

在某一个年龄阶段，你也可以在不被爱的情况下去爱。因为爱的内涵比生活要丰富得多！

当我们说"我想要幸福"的时候，一切都会发生，好像幸福是可能的，不需要参与到别人的幸福中去。

对一些人来说，对幸福的渴望似乎是孤单的，就好像是在为了个人的需求而消费幸福，却没有意识到幸福意味着一致、参与、共鸣，不断调整自己，让自己成长，并与另一个人一起生活。或亲近或疏远，无论如何，会有人为我们的幸福而感到幸福。因此，我们可以看到，至少获得这种幸福的途径是多种多样的。

面对“你最想要什么？”这个问题时，第二个最常见的回答就是“有钱！”人们常常觉得拥有金钱有助于获得幸福。《人物》杂志也让我们相信有钱人有一切幸福的理由：他们帅气漂亮，拥有时尚杂志上那样的男女朋友，有着漂亮的别墅、豪车、游艇以及梦想国度中的家园，他们似乎一直在度假。在接下来的几页中，我们会详细地看看那些在几个月甚至几年前“曾经幸福”的人，尤其在情感方面所遭受的痛苦和不幸。

第三个最常见的答案，尤其是对于那些失去健康或者长期患病的人来说，是“身体健康！”。我们最想要的是我们曾经拥有却失去的东西。就像其他回答，比如“不再爱我的人继续爱我”。通过重新找回我们曾经无法保留、保护和维持的东西来感到幸福……但风险是巨大的。

那么你呢，在这世上，你最想要什么？

如今，我的心每天都在痛

我这颗属于奥克语[①] 的心在痛，

我们的语言被抨击了 500 年，

在近半个世纪前，

在童年的操场上，

也依然遭受着压迫。

我这颗阿尔及利亚的心在痛，

想到残酷的过去，

现今生活的不易。

我这颗巴勒斯坦的心在痛，

苦苦寻觅一个国家和发展安身之地。

我这颗犹太人的心在痛，

今天面临着最大的敌人，

---

① 奥克语，是印欧语系罗曼语族的一种语言，主要通行于法国南部（特别是普罗旺斯及卢瓦尔河以南），意大利的阿尔卑斯山山谷，以及西班牙的加泰罗尼亚。——译者注

承诺给予的和平，

却因恐惧无法接受，

害怕在内部矛盾中解体消失。

我这颗欧洲的心在痛，

对欧洲的爱心感到激动，

对欧洲的银行感到羞耻。

我这颗美国的心在痛，

因为我看到我们在排斥异己，

出于恐惧而陷入暴力。

我这颗和平主义的心在痛，

面对所有荒诞的战争，

我满腔怒火，

充满了危险的想法。

我这颗幼儿的心在痛，

最初的回忆消失不见，

让我陷入无尽的怀念，

怀念那纯真的时代。

我这颗童年的心在痛，

我看到那些童子军，

为了杀死和恐吓大人，

糊里糊涂就失去对游戏和生活的兴趣。

我这颗恋爱的心在痛，

面对一个过客，

不再动心，

也不再激动。

我作为男人的心在痛，

在生命暮年的山坡上，

它依然怀疑即将到来的爱情。

我作为父亲的心在痛，

它担忧孩子们的未来，

还担忧子孙们的未来。

我撕裂的心在痛，

它被如此多的不连贯、盲目和逃离所打破，

逃向一个我无法再辨认的世界

越来越没有我的位置的世界。

然而我仍然能感到

这颗丰富的心在跳动：

不知疲倦、毫无畏惧、不顾一切。

幸福的孤独者

“存在的孤独不可避免，弗洛伊德五岁时，坐在家里厨房的地砖上，意识到了这一点，他发现他是孤独的，完完全全的孤独。”

——雅克·萨洛梅

为了重新恢复到正常的状态，重新集中精力或投入到私人的活动或研究中，我们可能会寻找，甚至要求独处的时间和空间。这是一种孤独的选择，没有外界的干扰，只是与自己在一起。

幸福的孤独者并不像人们想象的那么罕见，即便你不太会在展会里遇到他，也不太可能在地铁里或大城市的街道上遇到他。他更喜欢田园隐居式的生活，他热爱乡村和自然，经常去图书馆和博物馆。

对一些人来说，孤独介于恩赐和诅咒之间。幸福的孤独者可以保护自己免受无数人际关系的干扰，这些干扰会阻挠他成为自己的好伴侣，破坏他的幸福。孤独感可以被心爱的物品所填补，被零遗憾和零思念的记忆所填补，被梦想和未来的计划所填补。以这种方式滋养的孤独是一种对生活的热情。

对于很多人来说，爱可以抵抗孤独。这不是一种为了填补空白、弥补缺憾或加强与他人联系的爱，而是一种可以愈合孤单的伤口的爱，给予的爱和接受的爱。

今天，每个人面对的挑战，可能不在于遵循苏格拉底的“认识你自己”的告诫，而是要敢于走向一个享乐主义的维度，走向更好的自我，从而遇见自己、欣赏自己和爱自己。

因此，幸福的孤独，就像一艘自由的船，航行在等待的波浪上。它向未知开放，在不可预见的未来面前，或热情欢迎，或有所保留。这种开放式的孤独可以为遇见最好的自己做好铺垫。凡是寻求自我的人，无论是通过暂时的隔离、自我冥想还是自我研究，也都会寻求孤独。

而接受孤独需要一种情感上的、关系上的自主性，这种自主性只能建立在一种亲密的安全感的基础上。当这种安全感足够强烈时，就可以作为孤独的支持。从这个意义上说，孤独就像一面镜子，可以反射出我们最珍贵和最好的一面。无论是在行动中还是在幻想中，孤独者都可以接受自己的能力和局限。他可以与自己和谐相处，不需要他人的肯定或鼓励。接受自己，敢于走向一种更快乐的生活维度，就是遇见最好的自己，在情感的独立中获得充实和鲜活的孤独，才能因此拥有一切的可能性。

恩赐的瞬间

我迎接着一些恩赐的瞬间，

它们近在咫尺，只需闭上眼睛。

我更加专注地呼吸，

我吸气，

再深深地呼气三四次。

我的内心更加闲适，

我与自己不期而遇，不对自己提任何要求，

不去畅想，也没有深陷到最近或遥远的过去。

我随着呼吸起伏，

捉弄着时刻

我在气息中催眠自己。

时间抓住机会休息片刻。

我的内心和四周不再焦躁。

即使时间假装遗忘了我，

我也知道它不会催促我，

它尊重我鲜活的……存在。

照顾好自己

Prendre soin de soi

尽可能地真诚

“真相并不容易，真相也不甜蜜，但除了真相，别无选择。”

——弗朗索瓦兹·多尔多

真诚是很多人内心深处的渴望，其涉及人数之多超乎了我们最初的想象，尤其是当人们看到周围有这么多的伪装、谎言和背叛的时候。困难在于如何引导这种真诚。当一个男人对自己两年来真心对待的女朋友（第三者）说“我爱你，我想和你一起生活……”的时候，他是发自内心的。当他说“我不知道怎样离开我的妻子。我和她一起生活十五年了，我们还有两个孩子。虽然我已经不爱她了，但是我离不开她……”的时候，他也是发自内心的。当失望和冲突过后，他硬说：“没事的，挺好的，不要紧……”这时，另一方也会相信，他是发自内心的。他自我麻痹了如此长的时间，以至于他真的什么都觉察不到。当妻子问他："你觉得？"他回答说："我想……""我问的不是你的想法，而是你的感受！""但这没区别啊！"他愤怒而发自内心地喊道。

真诚并不像人们认为的那样，意味着把一切事物都告诉对方，或者不对他撒谎。因为常常，我们欺骗的是自己。

"我受不了他不跟我说实话……"然而，什么是实话呢？是那些她想听的，还是她不想听的？真诚意味着要敢于向自己坦白一切，并承担起倾听自己心声的风险。真诚是在我的所想和所说之间，在我的所感和所做之间，寻求一种协调、和谐、一致。事实上，我们要尽可能地尝试对自己真诚，因为我们会下意识地欺骗自己，这点，我们总是出奇地擅长。

还有一些人正在进行埃德加·莫兰（Edgar Morin）所描述的自我欺骗，"……因为我们自己的某部分会欺骗我们，愚弄我们，让我们忘记那些感觉不舒服的东西，铭记那些让我们高兴的东西"。

因此，真诚地对待自己并不容易，尤其是当面对自己的内心世界，面对自身的阴暗面和彷徨的时候。同时，我们需要的自我形象也让我们无法变得真诚。我们如此珍视这一形象，避免损害、破坏或质疑它，以至于它常常成为许多谎言或罪恶的根源。所以我既是真诚的，同时也在欺骗自己。

夫妻之间的真诚建立在两大支柱上：一是共享的亲密关系；二是私人的、有所保留的亲密关系，即亲密关系中不可分享的那一部分，可以称为“隐私”或“自尊”。

事故率

我以前并不知道这个词，我是在保险公司每月寄给我的杂志中发现的。

“事故率”是指在一段时期内，个体、司机、住宅或公寓的房东或租客，在生活或工作中，接连遇到的故障、意外、纠纷和事故。

或许我们应该意识到，事故的频繁发生与我们自身密切相关。它们能促使我们反思人际关系的质量，反思我们面对内在冲突或人际冲突的处理方式，反思身体器官或感官功能的健康状况。

“我不知道怎么回事。我碰到了什么东西，它就坏了，就工作不了。要么就是，虽然我各种小心，但我还是会忘了关油箱盖，直到开出了一百公里后才发现！”

“有一天，我把我的包和所有的文件都放在车顶上，就把车开出去了！要重新整理我所有的文件真是太麻烦了！”

“这个月，我给我老婆的柴油车加了两次汽油……”

“好吧，我开车经常有点猛，总是在最后一刻才急刹车。这两个月，我车的前面、后面和右车门都撞着了。而且还有一个人，没有给我留下他的名片，把我的左后车灯撞坏了，把我的保险杠扯掉了整整一段！”

这里，我只提到了与汽车相关的问题，但日常生活中还有除此之外的许多其他问题。除了物质损失，这些事故还会“消耗能量”，它们吞噬的能量是从生活的乐趣中剥夺的。

当事故率出现在我们生活中时，它实际上是在要求我们重新审视我们与自己、与周围人的关系，并对此进行改善。有时，这是一个我们需要注意的好信号。

坏巫师综合征

“奇怪的是，对一些乐趣的渴望成为我痛苦的根源。”

——卡里·纪伯伦（Khalil Gibran）

在我们为自己建立的有害关系中，存在这样一种关系：我们会把一些消极的思想、意图或行为归咎于一个人，一个或亲近或疏远的第三方。我们会冒着浪费好几夜甚至好几天时间的风险，去回忆那个人“对我们做了什么”或者“没有对我们做什么”！我把做了什么和没做什么加上了引号，因为是我们自己在以一种消极的方式感知某人“对我们做了什么”和“没有对我们做什么”，这种感觉在我们看来是不公平的，有时甚至是无法忍受的，以至于让我们反复感到痛苦。

我把脑海中反复出现我们认为别人应该有的负面言论、态度和行为叫作“坏巫师综合征”。几个月甚至几年前发生的一些事件有时会以高强度的形式重现，导致当下受到侵害、干扰，甚至破坏。不仅如此，当前与亲人的某些关系也会被损害，他们可能会觉得自己受到了某种程度的影响。就好像当我们和朋友一起散步的时候，虽然他的鞋子里有一颗石子，但他却不愿意取出来，使得在整个散步的过程中，他一直冲我们抱怨，让我们共同承担这颗石子给他带来的不舒服和痛苦！

这不是为了质疑那些已经发生的事情的真实性，而是为了明白，是我们赋予了这些事情一种特定、消极和有害的意义，是我们把一种意图、一种不健康的意志归咎于他人。要想重新调整形势，我们就需要学会如何更好地辨别他人与我们的印象。

我们可以想象一下；一方面，这个人的全部——经历、品质、缺点、矛盾，尤其是（每个人都有的）多面性——另一方面，我们对他有什么印象？有时，这种印象无处不在，占据我们的思想，掩盖了这个人真实的一面。这是我们自创的一种形象，就算周围的其他人也有同感。这只会让我们坚定信念，让我们继续痛苦。

对于这种似乎无望的情况，我建议采取以下方法：拿出他鞋子里的石头，庄重而带有仪式感地将其埋到土里，或扔到露天垃圾场。注意照顾他受伤的脚（如果小石子在鞋里待了很久），给予关注和同情，原谅我们这么长时间才把石子取出来。

也就是说，为我们眼中消极的人画一张像，在上面加上一些我们认为属于他的带有恶意而意图消极的文字、目光、行为。然后，把所有这一切都埋起来或扔进垃圾桶。别忘了原谅自己等了这么长时间才做出改变和奖励自己（给自己一些不寻常的东西）。不取出石子只会证明我们想要继续消极地看待这个人，甚至可能证明我们希望被当作受害者看待！

那些勇敢地承认自己具有“坏巫师综合征”的人们，那些不顾一切积极地取出或保留石子的人们，祝你们一切顺利。

摆脱依赖

独立是我们一生的任务。但是，摆脱严重的依赖不同于与疾病或痛苦所做的斗争，而是对自己进行的一种最可怕也是最痛苦的对抗。

当一种身体上、精神上、人际关系上的依赖把我们束缚，将我们封闭，甚至让我们厌恶自己时，我们会挣扎，不会轻易放弃。

对自由的渴望是不够的，我们还需直面生命中那些黑暗、冲突和复杂的经历。尽管求助的途径数不胜数，但对某些人来说，帮助自己似乎具有太大的风险，因为自助为爱自己打开了大门。在通往独立的道路上，往往会有一次决定性的相遇，一次焕然一新的相遇。

我发现弗雷德里克·德·格拉沃莱纳（Frédérique de Gravelaine）和帕斯卡尔·森克（Pascale Senk）的著作探讨了许多关于依赖的问题。他们用严谨、专业而热情的文字呈现了依赖的利害关系，尤其提出了一些经过深思熟虑的、可行的、实际的方法来应对和摆脱依赖。我注意到那些试图摆脱依赖的人，他们在错误中摸索着追求更好的生活，在快乐与痛苦的交织中打开了新生活的大门。这表明，我们可以自己书写生活；我们是“依赖的，也就是说，我们的行为和消费是强迫性的，强迫我们经历一些违背自己意愿的事情，在某些产品和某些人面前失去我们自由的意志”。

遇见那些让你更加渴望自由的人、那些让你与欲望和解的人、那些让你渴望接受别人的爱的人、那些修复你与生活关系的人，是摆脱依赖的一个关键步骤。

摆脱依赖，是获得自己的语言。重新找回自己的感觉和感受，重新找回对自己身体的尊重，最终能够认同最好的自己。

摆脱依赖，就像许多美好事物的诞生，邀请我们尽可能地走进内心炽热的生活。

摆脱依赖，是真正重新发现一条通向更自由、更充实的生活的温柔之路。这是一种负责任的行为，让我们成为自己的朋友，永远不要忘记，我们一生中最重要的伴侣就是我们自己……

关于性侵：敢于发声，敢于表达

能够发声、找回自我的话语，意味着重新找回自己的话语权，愿意自我尊重。但这需要找到一个足够接近并且保持距离的对话者，受害者才能开始走出沉默……足够接近才能听到，保持距离才能被倾听和被接受。接近和远离，是为了能坚定地接纳那些难以抑制的怨恨、恐惧，和那些隐藏的创伤或积聚的苦痛所带来的暴力。

敢于通过象征化表达，意味着愿意采取一种方法：借助一个象征物，将受到的暴力“归还”给施暴者。

“归还”不是一种宣泄，不是去伤害、谴责或试图报复施暴者，而是将来自他的一切重新放置在物品上。这种方法与正统的法律途径不同，法律的目的在于惩罚和审判。对于希望惩罚和审判的人来说，这是社会性和司法事件。

“归还”还是退回，是将被侵犯时的暴力和过分的行为重新还给对方。无论你们之间是什么样的关系，无论是远亲还是近亲（或是家庭成员），重要的是，不要保留受到的暴力，因为暴力就像一颗定时炸弹，迟早会在沉默中爆发。

当暴力行为发生的那一刻，一种消极的能量就会在身体里产生，并会一直存在。而这种象征性的方法可以避免将消极的能量储存在身体里，可以让你重新找回一种更有活力的能量来克服怀疑和不公正的感觉，把你从过去常常是沉默和内疚的痛苦中解放出来。

通过一件物品、一幅画和一些文字，将痛苦归还给应该对暴力负责的人，或亲人。

下面是一些象征化方法的例子。

一位二十八岁的女士画了一只男人的手，并把这幅画送给了舅舅，她附上了一段话："今天，我有力量和勇气将你的动作还给你，你在我十二岁的时候伤害了我。这个侵犯了我的动作，这个我曾经为之感到羞耻和伤害的动作，现在不属于我了。我把身体受到的暴力还给你。这是你的暴力，我不想再保留了。"

另一位女士先画了一个生殖器，然后把一个加了盐的面团捏成了阴茎，包了起来，寄给了她的父亲，上面写着："我把你的性暴力还给你。这样，你就回到你原来的位置了。这么多年来，我一直不能叫你爸爸。在我九岁的那年，你失去了父亲的位置。这个暴力是你的，爸爸。我不想再忍受它了，我不想再把自己封闭起来，我每时每刻都害怕男人对我做手势。我要开始女性的生活了。而你，爸爸，无论你今天想对这份暴力做些什么，都是你自己的事。即便你想埋葬它，否认或承认它，与自己和解，这都是你的责任……”

另一个写了一首诗，还在当地报纸上刊登了一则启事。她在十三岁的时候被两个陌生人强奸了。“致两个陌生人，1962 年 5 月 24 日，当一个十三岁的小女孩正走在巴黎的丁香路上时，你们强奸了她。我把你们的暴力还给你们。这样，我就在远离痛苦的路上又前进了一步，我要远离多年来一直困扰着我的那种可怕的耻辱。我要把你们的暴力还给你们两个人。”

另一位女士也写信给她的父亲，并给他寄了一件象征她遭受的暴力的物品。然后，她从母亲那里收到了一封极具攻击性并且让人充满负罪感的信：“你竟敢给你父亲写这样一封信，你真是疯了。你这是无端的指控。你父亲爱你。你想要他死吗？你认为他像那样辛苦了一辈子之后不值得休息吗？我警告你，从现在起，如果你不道歉，我就销毁你寄来的所有邮件，再也不会把你当女儿……”尽管遭到了拒绝，但她依然坚持立场，大约十年后，她的父亲给她写信道了歉，试图与他的孙子和解……

因此，象征性表达的途径是可行的。我们可以通过这种方式自我解脱，开辟一条通往更广阔的生活的道路，尊重自己，不再将这些有害的行为藏在心里。把受到的暴力还给对方，敢于发声，不再沉默，或许能如获新生。

每个人都要靠自己找到作为象征性表达的物品。我在这里只是指出这种方法的精神和意义。

每个人都应该在内心深处，在自己内心最敏感的地方，聆听自己的话语。

每个女性都可以在事情无法挽回之前，与身体里那个无辜的小女孩和解。

虽然有些荒谬，每个女性都能找回爸爸，如果她们能接受承认了过去的自己的父亲。

随机消散的过去

“向前走，我的朋友。原地踏步就是懦弱。永远回望过去就是愚蠢。看吧，未来在向你招手……”

——卡里·纪伯伦

生命是不可预测的。有时，过去会变成现在，占据我们的整个生活空间，顽固地出现在我们面前，甚至对我们造成伤害。或相反，过去变得模糊，消失在一场黑暗的游戏中，变得如此不清晰、不真实，如此脆弱，以至于我们把过去遗忘。这种遗忘总是暂时的，从来不是永远的，因为我们的过去不断编织着现在。

对抗过去消散的方法，有个人意志（至少我们相信它能帮我们做到。我们会在孩子面前大声喊：“我记得五岁后发生的所有事情！”）；还有他人的记忆，父母或者朋友有时会记起那些我们以为只有自己才知道的事情。但是有时，依靠这些是不够的。一些过去埋藏在我们的记忆深处，仿佛永远消失了，直到某一事件、某种感觉、某一句话出现在我们梦中，或与过去相似的一幕重现的时候，有关过去的记忆才会再次浮现。这样的情景可能会突然出现在我们的视线中（尽管我们正忙着观察一只飞行的鸟），在（陌生的）孩子的动作里，或者清晰（更明亮）地出现在公共场所或电影的谈话中！有时甚至只是一种味道，就足以令我们沉浸在童年或者过去的景象、感觉和感情之中。

因此，过去有两种能力，一种是静止、解体和消失的能力；一种是强制出现、具象化在我们面前的能力。有时甚至不顾我们的意志。但大多数情况下，过去会消失，就像某些梦境无法抵御白天的阳光。我们可能会问：过去的记忆去哪了？那些曾经感受到的快乐、悲伤、愤怒或热情会变成什么？

有时，我觉得自己被一种依稀透明的织物所包裹，它们漂浮在我的周围或上方。这是一张由成千上万种图像、感觉、恐惧或欲望精心编织而成的网，曾停留在我生命中的某个时刻，曾给予我整个生活一种更加温柔而亲密的稳定。

有时，过去也会增加我们的确定性，标记我们的根基。

然而当它本该呈现出我们本来的面目时，却让陌生的记忆渗透进我们的意识表面，让我们产生共鸣，或想要成为我们的记忆，欺骗我们，让我们不安。“在我离婚后的某个时刻，我确信我父亲对我做了一些令人不安的动作。然后我开始讨厌他了。后来我开始进行精神分析，想起来在我七岁的时候，我最好的伙伴告诉我，她的父亲晚上会去她的床上。我好像把自己当成她了，不想（或不希望？）同样的事情发生在我身上。”

“我一直以为父亲不爱我，在他死于工伤事故之前，他从来没有为我做过任何事情。直到有一天，我在阁楼里发现了他在我十岁之前为我做的所有玩具！”

所以，过去是动态的，在我们的记忆里是不完整的。它混合着来自黑暗或光明的场景的碎片和片段，而我们必须要除草、耕耘，才能播种我们的过去，让我们的童年绽放。

人类维修实用手册

就像汽车或电器有维修手册一样，人类也有维修手册。尤其是对于那些任凭汽车放油的人，那些忘记定期检测汽车关键零部件的人，抑或是那些忘记给轮胎充气的人……

我在这里列出几个要点，以帮助那些既想保养他们的身体也想保养他们汽车的人。当我们的身体像赛车一样已经累积了几十万公里的里程时，它还在股票市场挂牌出售，尽管稳固，拿得出手，但容易损坏。因此，我们需要从四十岁开始就对身体进行一次全面检查。

◎ 敏感部位，前列腺方面的检查。仅仅是想象直肠指检就会让大多数男性感到反感。然而这是必需的步骤（不要担心，专家会戴着手套，考虑到男人的羞耻心，他知道该如何进行！）

◎ 心脏方面（对于毫不犹豫地在同一时间经历数段感情的人来说，这是强烈建议的！）即使没有过度吸烟和过度的激情，心脏也遭受了严峻的考验，出现了一些变化，亮起了红灯（肥胖、高血压、呼吸急促、糖尿病）。

◎ 当身体的信号正常运作时（胸部、颈部、下巴或肩膀出现突然的疼痛或不适，灼烧感、压迫感、恶心、呕吐），你就要咨询你的汽车修理工，也就是你最熟悉的医生了。

◎ 头部，是脑血管意外的所在地。如果出现头痛、麻木、刺痛和丧失平衡的情况，也必须进行检查。

◎ 口腔，没错就是嘴（不仅用于说话、吃饭，还用于接吻、吮吸和其他用途）：要注意监测那些不会自发痊愈的病变。

从五十岁开始，必须更频繁地进行体检。

◎ 预防骨质疏松，即预防骨头变脆。

◎ 对于那些不再天真地相信性器官是一根骨头的人来说，多注意一下自己的性器官（注意一下勃起的困难，不是指松松软软的半山坡，而是在笔挺和恢复的方面）。尽管这一切在今天已经显得没那么必要！但不要像亨利四世那样懊恼，他说："我四十岁时，还以为那是一根骨头！"

◎ 结肠，啊，在服兵役的时候，结肠没有给那些经常出入军队的人（也就是上校）留下任何美好的回忆。结肠值得好好检查。这叫作内窥镜（一种用来检测息肉或良性肿瘤的微型摄像头）结肠检查。这种检查不应该拖延。

其次，最复杂的是所有与心理相关的检查，有抑郁、怀疑、质疑的阶段。旧创伤的突然撕裂，会像海啸一样席卷道路上的一切。那个时候，你应该毫不犹豫地去找你的专业修理工。有时，心理问题会让人感到害怕。“我没有疯，我没有生病！”

小姐们，女士们，妻子们，情人们，朋友们，如果你们有任何感受，大胆地和“你们的男人”谈谈。这同样也会有帮助！

回归自我

在童年、青少年和成年生活的大部分时间里，我常常虐待自己的内在生命，而且我非常固执，没有意识到这一点。首先，很明显，因为我不知道我获得的是生命的一小部分，也因为我确实生活在一种焦虑之中，这种焦虑促使我去考验我的身体，我的活力，我的计划，当然还有我的爱情和我的人际关系。

我常常考验自己爱情的稳固性。然而矛盾的是，我用的是一种虐待的方式……我（几乎一直）在考验对方的感情，用挑剔的欲望和要求，荒谬或不适当的提议来压迫我的情感关系。我的行为和做法过于苛求，为了让对方内疚和赌气（近四十岁，这依然是我的一大专长！）因此，在很长一段时间里，我一直都是躯体化的心理疾病的专家：生产的专家，而不是治疗的专家！

我没有意识到自己侵犯了自己和他人的生命。特别是那个和我一起共同生活，在日常生活中和我走得最近，和我一起养育孩子，一起分享奇妙的生活计划和梦想的人！通过两次建构性的经历，我一方面发现了我是如何给予每个孩子生命的，另一方面发现了我的父母是如何给予我生命的。

第一次的经历发生在我四十九岁时。当时，我正全神贯注地看着我的大女儿。她二十五岁了，我不知道该怎么对你们说，但那是我第一次发现环绕在她周围的光晕、震颤和空气里微妙的气流。换句话说，我感觉到了她内在的生命力，这种感觉瞬间演变成一连串可怕的问题。我对她，对每个孩子，都做了很多事情。我和孩子的母亲满足了她的生存需求（食物、基本安全、衣服、住所、相对舒适和贴心的环境）；教育需求（幼儿园、初中、高中、大学），爱的需求（至少我是这么认为的）；社交需求，也满足了她的许多欲望。所以，从婴儿、小女孩、青少年，直到她成长为年轻人，我们为她做了许许多多。然而我却惊奇地发现，我并没有为她的生命做任何事情。

我知道存在的个体和内在的生命是很难区分的。所以我真诚地请你花些时间，看看你的孩子、你的伴侣和你的朋友。从你身边的人开始，尝试去观察他或她内在的生命。这是一种动人而非凡的体验，每个人都触手可及；大胆去做！

从那以后，一个尖刻的问题开始困扰我：我和孩子的母亲为她这个“个体”（以及我的其他四个孩子）做了很多事情，但我们为他们的生命做了什么呢？没有，什么都没有。我对生存需求、爱的需求、教育需求和社交需求了如指掌，但却不知道他们每个人的生命需求是什么，更别说我自己生命的需求了！

这项名副其实的研究所得出的结论，让我发现我们每一个人（在所有文化中都是如此）都有一定的关系需求。每一个活着的人都是关系需求的载体，都有能力滋养自己内在的生命。而这些需求不应与渴望和欲望混淆。

我是在五十岁的时候，才找到了我的父亲，才知道了他是在十五岁的时候让十八岁的母亲怀上了我！他的母亲把他骗了，让他抛弃了自己的初恋和孩子，三十多年来，他没有给我母亲或我留下任何线索。他叫皮埃尔（1992 年，也就是在我们重逢的几年后，他就去世了）。

我紧紧地将他搂在怀里，直到第二天，我才对他说：“皮埃尔，我不会用我的余生来责怪你抛弃了妈妈，也不会责怪你从来没有给我留下任何线索。相反，我要感谢你给予了我生命，尽管是在妈妈的帮助下。如果没有这份馈赠，我就不会体验到时而艰难困苦，时而美妙惊人的生活。我也就不会写书，不会有孩子，也就是说，不会轮到我去给予生命，不会旅行，不会呼吸，不会爱。非常感谢你……”

他很感动，我也很感动，这种感动无法通过短短几行字表达出来。就这样，我通过让自己明白，通过认识到自己内在每时每刻的生命，我学会了爱自己，也学会了如何更好地去爱。

于是，我花了半个世纪的时间去学习大胆地爱自己，去尽可能地爱别人，去更好地接受爱。

人类的社会属性

L'être humain, cet être social

违反规则

我注意到，当下的社会有一种新的现象，一边是越来越多的人在做出过分和危害社会的行为；一边是越来越多的人消极被动，一直在默默忍受。

我们的生活方式、作风或做法越来越五花八门，但是我们并没有考虑到集体生活的基本规则。这些规则一直都在，大家都心知肚明，一些红线和标准一直都在引导欲望，抑制冲动。然而，越来越多的人违反规则，使这些规则越来越形同虚设。有些人激进、性格冲动、付诸行动；有些人听之任之、软弱被动、憋在心里。

在机场、出租车停靠站、邮局等各种公共场所，依然有栏杆和标识引导人们排队等候……然而如今，越来越多的人会故意翻过栏杆、插到队伍中间，让自己先享受服务，他们不是以前那种耍小聪明或冲动的人，而是那种无法忍受等待的沮丧感的人。“我没有时间，难道要像他们一样傻傻地排队……”还有些人随处乱扔装有垃圾的袋子或垃圾、乱停车，便利自己；还有人乱闯红灯，甚至绿灯时，会有人来敲敲引擎盖说：“你在这儿等着，不然就会撞到我。”

还有些人，会在某个瞬间突然意识到自己开错了方向，然后突然左转，直接掉头，毫无征兆，开过旁边的时候还做出一个轻蔑的手势……

当一些老师对学校教师更衣室的盗窃事件无能为力时，会不顾学生的感受和隐私，强行对五十名学生进行搜身，丝毫没有意识到他们违反了国家教育法的一条重要法令。他们没有意识到自己的行为，与孩子违反社会道德准则、侵犯他人利益的性质一样。

这不是丛林法则（即带有权力关系的等级制度的最强法则）的回归，而是一种“差不多”的、“不管怎样”的、“既然我想要，干吗不抢过来……我又不是傻子！”的文化的突然兴起。这几年来，机会主义一直抢占上风。

在我看来，非社会化的生活会带来并强化一种潜在的风险，加之他人的否定，这种风险就会演变成一种次要的障碍，一种需要摆脱的不适……“为什么我造了一个炸弹？为什么我把它扔到了老师的办公室？这都是因为这个愚蠢的校长想要开除我。虽然我无所谓，但我不能让我的小伙伴们看不起我……所以我决定好好折磨他一下！”

盲目的自我中心主义，与触发因素不相称的过激反应；当他人的需求与自己的需求发生冲突时，遏制或摧毁他人的需求；当现实没按照自己想的“一切、立刻、无条件”那样发生时，突发的暴力反应……所有这些都逾越了人类文明的底线，违背了人际关系、尊重和关注别人的准则，丧失了对于妥协、拒绝、沮丧和分歧所必要的自控能力。

面对这些过分行为，人们可能会采取自保、武力、防御的方式，聘请“私人”保镖或进行反击。人们常常会混淆惩罚与制裁的区别。制裁是一种合理的、批判性的、与过分行为相匹配的一种反应。而惩罚，则是一种被发起者的主观性和恐惧感所强化的批判行为。因此，它在大多数情况下可以说是不公平，而且是无效的。

我们似乎正处于一个过渡时期，为了能互不侵犯、互不伤害地生活在一起，我们寻找着新的价值观和新的参考标准。当我们在个人生活、家庭生活或社会生活的各个方面注意到过分的行为时，我们应该有所警觉，明白重新制定共同生活的基本规则刻不容缓。

致“小偷”的公开信

近来，我收到了一个朋友在网上发给她的偷包人的信。

女士们，小姐们，先生们：

亲爱的偷包贼，在此，我想跟你声明下几条适用于此类犯罪的人道主义职业道德准则。我解释一下。你偷我的包是想偷里面的钱，找到一些途径来满足最基本的生活需求，也就是满足基本的生存需求，比如食物、面包或你孩子穿的衣服（尽管30欧元微不足道！），而不是为了获取非法的收益，如果是这种情况，我是相对容易接受的。

我知道现在的生活很艰难，我们要面对失业，身体或心理上的疾病，同时也要面对照顾整个家庭甚至没有家庭的压力（或快乐），乏味的爱情或热恋……但是，行行好，以后，至少把我的个人证件和卡片（身份证、社保卡，以及所有你不知道密码用不了的卡）还给我。我理解你很想用我的信用卡和支票簿，毕竟一个签名不是很难模仿，而且由于我们的银行出于账户安全的考虑，聪明地让我们在卡的背面签了名，更加方便了你们模仿。多谢了，银行……

好吧，我不想让你白高兴一场，你猜到我马上就会挂失所有的银行卡、支票簿和手机。但如果你想卖了我那个过时的基础款三星，你也赚不到什么钱。真的，这一次你真不走运。

还好我没有在包里放钥匙，毕竟你一旦拿到钥匙，就可以在我外出购物的时候打开我家家门。事已至此，我虽然显得不是很担心，但你还是有我家的地址！

现在，让我们来谈谈你偷窃手法的不足之处。小偷先生，下次想偷我的包，请不要趁我不在的时候，原地拎走。请毫不犹豫地把它从我的肩膀或手上拽下来，用足够的力量把它扯下来，这样我就可以跟保险公司说："这是暴力抢劫。"否则，保险公司不会把钱包里的30欧元赔给我。这事千真万确，我刚和我的承保人通完电话。

没错，连保险公司也"鼓励"暴力袭击和暴力抢劫！没有暴力，就没有补偿；但如果有，就有补偿，逻辑很简单。但是，也请不要过分暴力，不要把我摔在路上，否则我可能会磕到头或者身体其他部位。虽然我可能会从我的意外险中得到补偿，我的医疗费用也会全部报销，但我不愿意终身残疾。女士，先生……下次请使用温和一点的暴力。

这就是我要跟你说的一些话。如果你把包还给我了，你就可以帮我省去数小时的麻烦和无用的烦恼，我就可以马上了结这件事情。但现在，我不仅要恨死你，还要恨死那些跟我交涉的人（银行、保险公司、手机供应商等）。他们跟你讲话时，好像你就是魔鬼本人："什么，就因为你每年交了600欧的保险费，就想让我们补偿你30欧元？

可怜的女士，你是在做梦吗？”于是，我开始怀疑到底谁才是真正的小偷！

这一次就算了。好好花这30欧元（甚至都不够一顿丰盛的双人晚餐），但可别让我当场抓住你。如果我抓住了你，就可以省去所有这些消耗我精力的事情了。

希望以后再也不会遇见你。

今天，我们似乎生活在一种充斥着空虚与错误的伪文化中，而且我们还注定要屈服于另一方的要求所造成的暴力。

关于忏悔

近年来，我们可以看到一些政客、宗教或军队领袖为上一任或自己的残暴、过分或不公正的作为进行承认、承担、后悔和道歉……他们违背了某些人、少数派、某些民族或大众的意愿，迫使他们承受这些迫害。在我看来，这种忏悔行为有多种意义，应该从不同的层面加以理解。

首先，我认为最重要的意义是承认。受害者——对一些人来说可能是第一次——感觉到自己被承认和倾听，并不是倾听他们个人内心的痛苦，而是他们所遭受的创伤和强加给他们的盲目、罪恶和故意的暴力得到了承认和倾听。最终有人承认这种暴力、不公正、恶意是不可接受的。虽然这些伤害没有得到评估，也没有得到弥补（这一切都属于法院的责任），但它们已经留下了印记，为接下来的道路指明方向，可以避免重蹈覆辙，再次出现过分和不公正的行为。

第二重要的意义在于，对人民、社会、宗教、文化集体的创伤所进行的修复。忏悔可以让人们走出沉默。从这个意义上说，忏悔不仅是对直接参与者（受害者或刽子手）的一种解放，也是对他们亲人和后代的一种解放。它能减轻负罪感，道出难言之隐；促进更个性化、个体化的表达。让人们开始表达、谈论、讲述自己，说出一种感觉、一种直接或间接的体验……

忏悔是一种具有象征意义的现实行为。就像某些纪念碑的建造是为了纪念某个事件，阐述某种价值和某种真理[①]，让观众或目击者用一种更亲密的方式进行内化。

我不知道人们会如何消化对二战期间灭绝犹太人的企图的忏悔；在日本使用原子弹的行为的忏悔，抑或是将来对亚美尼亚种族灭绝的忏悔；对阿尔及利亚战争中的酷刑的忏悔，以及科索沃的暴行的忏悔。

我还认为，悔过只能通过语言来表达，但为了让每个人都能直面自己的想法或防止忘却，忏悔应该用一个物件或纪念碑来象征。

① 为掩盖另一个更难以接受的事实而发展并表现的真理。正如塞尔日·蒂斯隆（Serge Tisseron）在 1999 年奥比耶出版社出版的《精神如何进入物体》（*Comment l'esprit vient aux objets*）中所写。

至于第三种意义，我认为与近代历史悲剧的记忆有关。因为有了悔过，对事件的记忆就不再仅仅局限于受害者的痛苦或刽子手的冷嘲热讽，而有了一种更加整体的视角，取决于记忆的职责、影响力和真实性，具备更广泛意义上的权威。这同样适用于某些只能集体承担的悲剧和伤害。

第四种意义浮现于当忏悔的方法被个体采用时，人们并不仅仅出于羞耻心，而是出于反思错误本身而进行忏悔。

我犹记得我在广岛时涌上心头的一种情绪，当我走近那种经过煅烧而扭曲的铁架时，当我走近原子弹爆炸中心那些建筑废墟烧坏的砖块时，我开始疯狂地抽泣。我的脑海中没有图像，也没有视觉画面，也没有个人记忆（1945那年，我十岁），我只是感觉到一种难以压抑的羞耻、内疚、不安或无力感。尽管一无所知，但在这项罪行面前，我觉得自己承担了一部分的责任。

忏悔不仅是一种官方行为，也是每个人心中要有的一种个人行为。正是通过忏悔，我们才能扪心自问，更加清醒。

宗教

今早，我从本地的广播电台得知，我们这个美丽村庄的神父决定不再做弥撒，直到有关当局拆除教堂屋顶上的天线或做出取消安装的决定。

许多人（因很难用手机连接上网络或信号很差）都要求安装基站。这本不需要授权就可以安装的，尽管基站可能会“破坏景观”……“亵渎教堂”，还会对“健康不利”。

在我看来，没必要让罢工纠察队提防其他牧师会来这里替神父主持下周末的弥撒。因为众所周知，教会非常缺人，而且神父头衔直到今天仍然禁止颁发给女性。我们村的教父相信他的罢工会赢得胜利，甚至能得到当地很多无信仰居民的支持。

我还知道，曾经在村子的广场上经营过咖啡馆的乔治特——村子里的重要人物——曾激烈地对支持安装的人们表达他的反对意见，他劝说道：“所有这些电磁波都很危险，对人体有害，我们永远不知道这些电磁波会跟着我们走到哪里，甚至可能到家里……”

国家电视台介入了这个问题。于是，我们看到了致所有相关人员的完整报告与说明：①现任市长只是在执行前任委员会的决定；②致神父（他当然是比第一次接受采访时显得更加疑惑）；③致邻居；④专家承诺，会通过科学手段测试这些电波，评定对当地居民所造成的影响。总而言之，所有口头和肢体激烈交锋的因素此时都已经具备。

我的一个朋友、歌手莫里斯·贝南（Morice Benin）几个月前曾创作过一首清唱式的讽刺歌曲，其中的副歌部分是：“手机之神，为我们祈祷……”

就这样，新的宗教战争不断在继续——天主教反对天主教，我们在同一个地区可以看到许多这样的例子；鲁贝容地区的一些居民依然对弗朗索瓦一世时期对沃州难民的镇压记忆犹新，痛苦的后遗症犹在，尤其是不信任中央集权……不信任那些自认为知道什么对人们好、什么对人们不好的决策者。

我对锡克教徒饶有兴趣

我对锡克教徒饶有兴趣，这些印度男人用头巾帽遮住长发，显得如此与众不同，他们的处事态度和行为举止也因一个核心教义，显得分外高雅。他们称之为“seva”，意思是无私地为他人服务。这是锡克教最有力的戒律之一。但最特别之处还是在于锡克教徒在男女之间建立了一种难以置信的平等。

“我是锡克教徒，我很自豪，”一个人对我说，“我的信仰给了我很大的力量，我因此变得更加优秀，谦虚地学习生活中的一切。”

锡克教徒的生活围绕三个基本原则：奉献、信仰、正义。

锡克教是由古鲁·那纳克（Guru Nanak，1469—1539）创立的。当时，印度社会基本上是建立在等级森严的种姓制度之上，但他教给人们一些革命性的东西：既然我们都是真神的孩子，我们就都是平等的；社会地位、性别、种族或信仰都不能成为任何压迫、不公正的借口。

在锡克教徒中，任何受洗的成年人，无论男女，都可以在相当于《圣经》的神圣经文《古鲁·格兰特·沙哈卜》（*Guru Granth Sahib*）前主持仪式。

成为锡克教徒，即成为一名精神上的学习者、成为一个信徒、成为生活的学习者。这就意味着教徒自由地选择了一种纪律：脚踏实地地谋生、愿意让真神时时刻刻住在心里、在一天中的任何时候都要像黎明时分那样进行祷告、保护穷人和弱者，并将自己工资的10%交给自己所在的教会。

在一名锡克教徒眼里，没有任何一种宗教可以垄断精神真理。任何人都可以分享先知、圣人和哲人的教导，并将其作为通往神灵的不同道路。

锡克教徒大多生活在巴基斯坦附近的旁遮普地区（全世界有2500万锡克教徒），但有150多万人居住在北美，其中约45.5万人在加拿大。受洗的锡克教徒的另一个特征是，他们必须佩戴吉尔班弯刀（Kirpan，一种不到14厘米长的小礼刀）。在这方面，加拿大最高法院曾经做出过判决，锡克教徒可以合法地佩带吉尔班弯刀，但前提是将其缝制在衣服里，而且只能出于宗教或象征的原因佩戴。这是魁北克妥协的案例之一，魁北克为了能让世界各地不同种族、不同信仰的人和谐共处曾做出过许多交流、调解和决定。

由于佩戴头巾，锡克教徒有时会招来一些不公正的误解和怀疑。自2001年9月11日，“9 · 11”事件发生以来，他们常常被当作是阿富汗塔利班。如果要求一名锡克教徒摘下他的头巾，那会是对他身份、价值和承诺的严重侵犯，同时也会伤害他的信仰。吉尔班弯刀象征真神捍卫锡克教会的正义和尊严。锡克教的日常生活中有许多传统：不剃、不修头发和毛发（Kesh），把梳子放在头发里以象征干净和清洁（Kangha），穿拳击手那样的短裤象征体面和贞洁（Kacchera），戴一个铁制或钢制的手镯（Kara）保护手腕，象征行为举止谨慎克制。

没错，我对锡克教徒饶有兴趣，我也很佩服他们能按照自己的宗教信仰来过自己的生活。

“对面那位女士在折纸”

我们生活在一个矛盾的时代，我们有许多表达自我的方式（手机、互联网、Skype 等）。然而，一些对关系有害的因素（出于不信任、害怕、保护隐私等原因）也非常强大。有一天乘坐火车的时候，我跟邻座谈论过这个话题。他已经有二十年没有坐过火车了，他很诧异人与人之间不再交流，甚至连彼此的目光都避免接触。他告诉我，在 20 世纪 80 年代坐火车的时候，每个人都在和他人交谈。“是的，我和每个人都在说话。而现在，大家连一个字都不愿说。当我从波城回来的时候，我坐在了这个位置上，因为我敢和坐在我对面的人说话！”

相反，过了一段时间，在高铁的餐车吧台上，一位女士告诉我，几年来她只要一觉得有人在关注她，她就起疑心。她对我说：“在公交车或街上，经常有不认识的男性和我打招呼，出于保护自己的本能，我爱搭不理，我担心这会有什么问题。在网上也是，陌生人有时会找我聊天。

我会很自然地起疑心，保护自己，我害怕有什么后果，虽然并不知道后果是什么！”

另一次乘火车时，我的邻座不由自主地惊叹道：“啊，看，对面那位女士在折纸！”我稍稍有点大声地回应说：“哦，我超喜欢折纸，我刚给我的孙女买了一本折纸书。”听了我的话，这位女士开始跟我们交谈。最后，我们四个面对面坐的乘客都聊起了自己折纸的方法。十分钟后，我们已经开始按照她说的方法折起纸来。等到了阿维尼翁，我们已经学会了她的方法。我们随后交换了电子邮件，约定在阿维尼翁或普罗旺斯艾克斯的活动中再见面。就像这样，建立一段关系需要一些东西！

一位坐在单人座位上的女士之前一直沉默着，在我准备下车时，走过我身边，小声对我说了句话：“我在火车上一直尝试跟邻座建立关系，但是现在不像以前了。很遗憾。不得不说，几乎每个人都在看电脑或平板，或者戴着耳机……听到你们聊天我很高兴！”

生命的力量

La vivance de la vie

多一份爱

有时，我们会通过一次深呼吸，一份激情，一种爱的冲动，感觉到我们无条件地把多一份的爱给予了亲人、陌生人、有隔阂的人、风景，抑或是我们周围另一种形式的生命。

这一切的发生，仿佛是出于极度的慷慨，我们为了解放自己、让自己成长，而不得不做的。我们会感受到这份过多的爱所带来的颤抖、不安和激动，渴望献出自己最好的一面，给予自己的全部。我们怀着一份炽热、美妙而惊异的渴望，渴望汲尽我们的全部，创造原本不存在的新的手势和词语，用未知的颜色给这一刻渲染缤纷的色彩。正是这样，我们发现我们拥有比想象当中更多的可能。

“那一天，我突然毫无征兆地诞生在一声爱的啼哭中。我沐浴在温情里哇哇大哭，我睁大眼睛，广阔的世界已经让我眼花缭乱。我朝他跑去，没把他抱在臂弯里，我把自己献给了他，我觉得自己从未向现在这样受他欢迎。后来当我们重新谈起时，他告诉我，当时他感觉有一股爱的暖流朝他涌去，他无法抗拒，只能沉醉其中。”

当我在读让娜·博纳莫尔（Jeanne Benameur）的《不信教者》（Profanes）时，我感觉这本书让我走进了自己的内心深处，走进了一些未知的角落，走进了陌生的无限的自我。有些句子让我哽咽。那是毫不悲伤的抽泣，这些眼泪让我成长为更好的自己。在最近的日子里，对于那个离开我的人，我一直怀着多一份的爱。我知道所有离别都会让人成长。但我并不知道，这种离别所带来的成长，会把我带到如此丰富的空间。

“我惊讶于我的自我感觉十分良好，这不是自恋。能够付出令我很开心。我展现了自己最好的一面，我很高兴自己被无条件地接受了。我体验了一次，也是我的生命中唯一的一次。我已经六十二岁了，我周围的人都说我焕发了青春，神采奕奕。我相信这是真的！”

这一切的发生，仿佛那多一份的爱在我们心中苏醒过来，邀请我们超越自我，创造世界。一份奇迹和慷慨在内心深处静静守候，直到这一刻才展现出来。

“每次看到她看我，我都想对她笑，想靠近她，我感觉我的心里打开了一个全新的生活空间，一个全新的国度，它的强度、光线、色彩和形状都让我心醉神迷。”

该说的都说的差不多了。生活给予了我们相逢、联系和分享，勇敢地去迎接那些前所未有的时刻吧。

种树人

我喜欢树木。它们是忠诚、可靠的伙伴，尊重我们人类的生活方式。反而我们人类自己却不一定能做得到！

我这一生，在所有我生活过的地方，大约种下了19 000棵树。这是我的爱好之一，我的家人和朋友都知道，他们常常邀请我为他们生命中每一个重要的节点种一棵树：出生、结婚、去世或节日庆祝。但直到2001年秋天，我遇到一个把自己同化为树的人，这个种树人的性情令我惊讶万分。

一个朋友跟我说，她在旺都山脚下买了一块相对光秃的地皮，想要种树。借此机会，我很高兴认识了一个与众不同的人，他不仅名字与众不同，他在20世纪70年代的参军经历也不同凡响。他叫皮尔·洛夫唐德（Pier Lovetand），意思是“石狮齿”（Pierre Dent de Lion），是一名建筑师，同时也是哥本哈根著名的克里斯钦尼亚“自由城”的创始人之一。现在“自由城”仍然存在，实行直接民主，具有特殊的地位和自己的旗帜（黄色背景上的三个红色圆点）。但由于皮尔无法忍受保守主义，尤其是他在一个需要每个成员贡献自由、创造力、即兴感、发明力和活力的项目里看到了官僚主义的苗头。所以，近年来他有点远离了这种生活方式。他曾经是这一切的核心，也是这种与众不同的生活的起源。

这个秋天的早晨，我看见皮尔在我朋友的土地上先是踱步，然后坐下一动不动。很长时间后，他才起身、矗立、闭目凝神、双臂交叉，或举过头顶。然后，慢慢地转转身，用丹麦语喃喃地说：

“这对我来说是个好地方吗？

顺风吗？风向对我有利吗？

如果我往西去一点，会不会减轻对我的伤害？

跟我旁边生长中的树相比，我有足够的光照吗？”

他非常严肃地进行着这一切，低下头倾听着答案。他在确认自己的意愿，以便用他的身体确定一个不远也不近的理想居所，在那里他可以像树一样茁壮成长！

我看到他变换了几次位置，总是举着双臂，每次都摆出一棵树的姿势。他对自己的需求和喜好进行了长时间的思考。然后拿起一个大榔头，把一根小木桩敲进地里，标记那棵树将来种植的位置，也就是他的替身将来成长的确切位置。

几天后，整片土地被敲上了大约50根小木桩，预示着一片小树林的出现。

几年后，这位“石狮齿”回来了，我看到他在和每一棵树说话，每棵树都被种在了当年指定的位置上。他询问它们待在那里是否满意，问它们这个地方、这个方向是否适合。我看到他不时地弯下腰，前额、脸颊贴着树皮，闭上眼睛，双臂紧紧地抱着一根树干，身躯紧紧地靠着树。

有一天，他斩钉截铁地跟我朋友说：“那棵树太孤独了。它需要一个伙伴。”我看见他举起双臂，在离那个孤独的树几米远的地方假扮成另一棵树，他犹豫着，转过身来，向前走，向后走，然后打了一根新的小树桩。他来回踱步，确认道：“你确定我可以在这种下一棵绿色的橡树，而不是枫树吗？”他是在向这个普罗旺斯小角落申请入住许可！

因此，有些人可以跟一棵树融为一体，照看着它们在地球上的福祉，怀着敬意和爱心与它们保持着活跃的关系。

尽管我们人类脆弱，易受伤害，多有束缚，但树木可以让我们想到我们的“人文关怀”；让我们意识到我们具有适应、反抗、成长、进化和建立联系的能力。种一棵树，给它浇水，付出自己的时间和爱心，不仅意味着我们具有关心爱护、尊重自己的能力，也意味着我们具有丰富自己内在生命及地球上其他生命的能力。种下一棵树，就是带来一种新的气息，一种呼吸，就是赠送人类一份生命的礼物。请把这份礼物送给你爱的人，同时也送给你自己！

我本想成为生命的老师

作为一名成年人、一名丈夫、一名父亲、一名人际关系的专家，我原本常常想成为一名生命的老师。一开始，我不太想定义“生命的老师”究竟是什么，我梦想着能带领那些渴望美好事物、好奇生命无尽资源的孩子们发现某些生命的奇迹。

在经历一系列奇妙的相遇之后，这一定义变得明朗。遇见独特的生命，遇见书籍，发现不同国家和风景，获得不同的体验，经历意识状态的改变。是的，我本可以成为一名生命的老师。

我本可以教导孩子，甚至是大人，如果迫切地想要将某人某物据为己有，我们就会失去一切。在错误和争端当中，一切都将灰飞烟灭。我本可以向他们播下一个更美好的世界的种子。

我本可以教他们发现身边难以名状的事物，发现寂静中的光芒和颤动。引导他们惊奇地发现生命中永恒的奇迹，就像惊叹于一片玫瑰花瓣掉落时的气息，倾听雨滴滴落在手掌时的低语，聆听一棵树的呼吸和每一个晨曦的呓语。

我本可以带他们发现童年里微妙、短暂但真实的时刻，让我们的生命增添色彩和活力。我本可以向他们展示如何更加近距离地感受白天和黑夜的壮丽，如何在我们诞生之初让内心那一小部分的爱生长起来。我本可以让他们爱上每个人心中那份等待给予、接受、分享和成长的爱。

是的，我本想成为我的孩子们和其他孩子生命的老师！

选择生活

当我收到路易丝·文森特（Louise Vincent）的信件和手稿时，我觉得自己并不是为她《选择生活》（*Choisir la vie*）作序的最佳人选。但是，在她文字的触动下，我还是怀着钦佩和感激之情把写下了序言。她生命的勇气让我想起了我的童年、青年，尤其是现在，在我生命的冬天，所经历的许多斗争。

路易丝是一个无所挂虑的女人，她不顾一切地透支自己的生命，奉献自己。在所有职业、婚姻和家庭生活的挫折面前，她迎难而上，是我们的榜样。路易丝战士在各种艰难困苦面前证明自己是不可战胜的。然而，路易丝也有不为人知的一面，她脆弱，易受伤害。在我眼里，路易斯与疾病的斗争是具有代表性的。

生病不可能是偶然的结果，也不可能是命运的结果，更不可能恰巧是环境糟糕的结果……生病，是我们身体内部的一种语言！

对抗癌症需要许多创造力，但要对抗由错误、迷茫甚至是毫无意识的抗拒所导致的并发症，甚至在极不公平的医疗环境下，还要面对陪护人员的不理解和笨手笨脚，则更需要坚韧不拔的意志力。为了防止在忧郁的清晨和夜晚迷失在怨恨、痛苦或愤怒的情绪中，需要保持高度的警惕。为了克服慌乱，防止自己被绝望吞没，还需要很好的调节能力，以肯定新的生活选择，有足够的钱来支撑、贴补高强度的繁重治疗，而这样的治疗是如今唯一公认有效的抗击癌细胞扩散的治疗方法。

路易丝·文森特的书，讲述了一个热爱生活、坚忍不拔的斗士的生命历程。

我们发现一些当下的陪伴读物，首先帮助人们继续生活下去，然后达成与自我的和解，尽管可能伤痕累累，但最终从暴力的漩涡中脱身离开。这场漩涡就是疾病的摧残（对自我的剥夺），它掏空我们的身体（和大脑），（常常）击垮亲属关系，折磨着每一分每一秒，让时间变得难以承受，撕开我们过去的伤口和遗憾，在我们的沉默中唤醒我们过去所遭受的暴力。

疾病是我们身体发出的一份沉重的邀请，它邀请我们在面对他人时，尤其面对我们所爱之人时，更好地倾听自己，尊重自己。这也是一种鼓励，鼓励我们不再受他人定义，从痛苦中走出来，着手改变生活。

路易丝发现了一些个人成长小组，这是一种人际关系上的慰藉，在这里，她可以表达自我，可以被倾听理解。还有个人的心理治疗，医生的远程视频陪伴，灵气疗法[①]，还可以写诗，不仅可以诉说自己的难言之隐，也可以表达对生命的感激之情。

路易丝也学会了自爱。

我非常喜欢这句她大声表白自己的话："路易丝·文森特，我爱你。"从此之后，这句话成为她摆脱痛苦、怀疑和焦虑的强大根基。

① 灵气疗法是一种利用宇宙能量进行治病、养生、修炼的方法。——译者注

学习这一切需要时间，需要毅力，也需要一种隐秘的热情。

路易丝学会了新生，学会了重新开始，重新开始给予爱，接受爱。为什么不接受这种爱呢，这是无私的爱、自愿的爱，这种爱所建立的关系可以让双方都自由地做自己。

我希望这个例子可以让我们倾听到生命，让我们更加充实地享受生命。

当我四十岁的时候，我发现生命中最重要的伴侣是……我的身体，我意识到该尊重和爱护我的身体了。

今天，四十年后，它依然忠实地陪伴着我，尽它所能。我学会了每天早上用我的微笑来感谢它，并让一天剩下的时间，充满生命的欢声笑语……

发明一种职业

在人生的每一次徘徊和错误中，

都不容易找到成为更好的自己的关键方法。

要同时保持对自己和他人的尊重，

也同样不是件易事。

教授知识和技能是常见的，

但如何一起共同生活，

如何创造交流和分享的空间，

如何尊重生命的美好，

这些知识并不常见。

但这不应该成为我们退缩的理由。

我本想成为一名生命的老师。

我本可以教导孩子或曾经是孩子的人们，

那些书本上没有写过的东西。

我本可以教导他们生命中细腻而珍贵的东西：

用心经营的爱是不会消逝的；

唯一值得体验的自由是活着的自由；

花点时间是重要的；

去看云卷云舒；

去看飞鸟滑过。

你可能会感到惊讶，

生命中无限的生命。

我本想让他们明白：

学会爱自己、尊重自己、定义自己至关重要。

但更重要的是，

拒绝负面评价，抵制流言蜚语；

不要被强加给我们的有害信息所影响，

即使他们声称爱我们或更懂我们！

我本可以在他们身上播下好奇的种子，

严格要求他们的日常生活，

避免陈旧的思想把他们同化。

我本可以培养他们具有批判的意识，

避免他们受潮流诱惑，

或被服务于漫天广告的伪文化

阴险地限制在条条框框里。

我本可以尝试教他们质疑信仰，

避免演化成真切的恐怖主义，

为未知的生命留出更多的空间。

生命的老师，多美好的职业啊！

生命的瞬间

我从一个孙女那里收到过一封来信，上面简单地写着“雅克爷爷”，以及我所居住的村庄的名字和邮政编码。

我被这个小小的奇迹惊呆了，尤其是当邮递员对我说“这个爷爷只能是你！”的时候。

我喜欢花时间去收集这些带着信任、慵懒、温情的小瞬间。于是，我的另一个孙女对我说：

“爷爷，我希望你将来去世的时候，人们不会判你有罪。”

“判我有罪？你在想什么呢？”

“嗯，就是不会被烧成灰烬，就像他们对待邻居那样。他们后来把骨灰放进一个盒子里，扔进海里，淹没了！”

这个小姑娘对她的母亲说：“妈妈，我一点也不喜欢这个药。弄得我眼睛不舒服。而且，你给我的糖也不好吃！”

孩子们的话就像阳光，能照亮任何时刻。我们听了一乐，再复述给我们的朋友听，然后，唉，我们有时会忘了那些话，所以我们要像对待宝藏一样好好珍惜。

“妈妈，我超爱你！”

“宝贝，你想说你很爱我吗？”

“哦，不！超爱比很爱更大。”

六岁的埃利安很生父亲的气，他忽然对父亲严肃地讲：“爸爸，我觉得你上的那个父母学校不好。”

五岁的乔尔向我保证：“春天，就是雪从草地上长出来的时候！没错，而且，过来看，花园里已经有一个角落是春天了！”

我常常对孩子们某些错综复杂的想法感到惊讶。六岁的约阿希姆就是这样郑重地对我说：

“我宁愿死神在我年轻的时候来找我，也不愿他在我老了的时候来找我，因为老人们，他们跑不快！”

“你为什么会这么想呢？”

“就是这样，如果死神追赶老人，他轻轻松松就追上了。但如果我们年轻的话，就跑得比死神快。我们年轻的时候，跑得快的概率更大，这样它就难以赶上我们！而且，我在生活中看到的年轻人确实比老人多。”

十一岁的玛侬对爱情有着非常清楚的想法。“没有什么比爱情更不公平的了。当我们爱一个人的时候，我们肯定会痛苦。爱情永远不会同步。我看得明明白白，我的女朋友安娜贝尔说‘她爱克利斯朵夫，但克利斯朵夫爱米歇尔，米歇尔爱乔纳森，乔纳森喜欢马……但我不确定马是不是喜欢乔纳森！’必须有个人来给爱情定一个规则，否则我们就要花掉一生的时间来寻找爱情！”在我看来，这是一个非常明智的想法！

如今的孩子知道很多东西。他们非常机灵，甚至常常能“唤醒”我，让我大吃一惊！和他们在一起，处处充满惊讶，听他们说话，和他们分享趣事，是一种保持年轻的方式。

维瓦两岁半了。在一个星期天的早晨，她冲进父母的房间，趴在她母亲的肚子上，双手合成圆锥状，大声喊道：“你好，小弟弟！”接着，她就回到了自己的房间。她的父母很惊讶，笑着评论道：“我觉得，她是在告诉我们她想要一个小弟弟！”整整一天，她母亲都在想这件事，因为早在两年前，她和丈夫就想要第二个孩子。到了周一，她突然心血来潮，做了一次验孕测试，就发现自己怀孕了！看来孩子们之间是有心灵感应的！

劳拉快七岁了：

“妈妈还不知道，我哭是因为自己难过或者担心。但当我爱哭的时候，就不是这样。那是为了跟她对着干，让她难过，让她觉得自己很凶，而且对我不上心，虽然我知道事实并不是这样。”

汤姆，六岁：

“妈妈，你知道吗，我真的很爱索菲。”

“啊，是吗，你的女朋友叫索菲！”

“不，她不是我女朋友，她是我爱人！妈妈，我们必须认真地谈一谈。索菲，她长得比同龄人都小，我很担心……”

“你在为她担心吗？”

“不，我是在为自己担心！有一天我去看医生的时候，医生告诉我我会长得很快……”

“是的，这很正常。”

“我知道这是正常的。但是如果我和索菲不一起长大，她还是很小的话，我在想以后我和她的身高比还适不适合爱爱。”

艾米丽已经十二岁了，她第一次来月经是在十一岁。

差不多一年以来，她一直被诊断为有厌食症。那天，她私底下告诉我："我以为我不再吃东西的话，就不会流血了，就是这样。医生说我得了厌食症，但我知道不是这样的。我是希望我的血不要在任何时候流得到处都是，尤其在我做体操的时候！"

五岁的凯文跟我聊起他的妈妈，说到他妈妈化疗后掉头发。

"妈妈的头发在秋天都掉光了，但我相信春天会长回来的。"

他的妹妹想打断他，跟他讲讲道理。

"但是只有树才会在秋天落叶。"

"不是这样的。我们也可以，当我们老了的时候，我们甚至还会受冬天的影响。你看爷爷，他的头发全白了！"

杰里米经常和她的妹妹艾米琳吵架，这让他的妈妈很生气。在母亲节那天，他郑重地给妈妈送了一份礼物，并附上了一封信，承诺接下来八天不会再和妹妹吵架了。为了遵守诺言，他在屋子里贴满了小纸条："我要遵守我的诺言，不再跟妹妹吵架。”这是一场艰难的考验，但是他一直表现良好，直到第八天晚上……他爆发了。“妈妈，这太难了，我需要和艾米琳争执一下！”

索菲七岁半了。她平常是个善于交际的快乐的小姑娘，但她今天早上到学校时，却一脸憔悴。

“索菲，你怎么了？”老师问她。

“我生病了！”

“你生什么病了？”

“我有了一个弟弟。”

七岁的佐伊跟父亲说：

“爸爸，我永远都不想怀孕。”

“是因为你不喜欢孩子吗？”

“不是，是因为我不想弄断我的骨头。”

“弄断你的骨头？”

“是的，那天妈妈对外婆说：‘我医院去得有点晚了，在出租车上羊水[1]破了。’我可不想在出租车上弄断我的骨头……”

---

① 法语中，羊水（les eaux）和骨头（les os）同音。——译者注

在我们说的话和孩子们听到的话之间，可能存在着一整个世界的距离和其他对话的可能性。

我喜欢孩子们对一些生命的奥秘和矛盾的表达方式。因为我知道，当我们能进行表达，得到倾听时，常常可以避免事态向不好的方向发展……

好好老去

我是从什么时候开始变老的呢？从我走路开始变得困难，从我的自主能力越来越弱，还是从我的欲求减少开始？从我不再按照计划生活开始？仅仅是为了活着而拼命生活，多可笑啊……我们应该努力把生命的空间和时间都拓宽一点，努力停留在瞬间的永恒之中。

总有一年，总有一天（每个人的情况都不尽相同），我们会意识到自己已经变老了。衰老毫无征兆地突然而至，就在那里，不离不弃。它会在身体上留下种种痕迹（长更多皱纹，更容易疲惫，肌肉更加松弛，肚子更加肥大，到处松松垮垮，眼窝深陷，眼袋明显），但也有一些更加分散和隐蔽的迹象，比如隐性的焦虑，健忘，突然的怀旧，甚至害怕。

害怕不能再兑现所做的承诺，害怕难以面对生命的要求。害怕遭受太多的苦痛，无法有尊严地度过最后的时光或考验。一个女人曾对我说："我正在和这种恐惧做斗争，我想象着自己可能会在睡梦中死去，再也醒不过来。因此，我更要认清形势，把事情安排妥当。”除此之外，我们还会害怕自己的身体不再听话，害怕我们的欲求会越来越少，害怕自己丧失活力，不再渴望生命，害怕生命会变得索然无味，逐渐缺席。

我认为最大的恐惧不在于衰老，而在于没有好好变老，导致自己逐渐被忽视，觉得自己毫无用处。“这几年来，我很清楚大家不再注意我了。当我走在街上的时候，我觉得自己像个透明人。见面的时候，也很少有人愿意和我说话。我看到一些人朝我走来，却是为了跟别人打招呼！”

我们也会害怕生病，害怕被困在故障的身体中，被衰竭或失调的器官所围困。像心脏、膝盖、背部、眼睛这样的部位，它们需要更多的关注。

随着年龄的增长，我们更需要保持一种谦卑的态度，谦卑地接受别人对自己的帮助，谦卑地求助于别人，来帮我们完成那些不久前我们还能独自做到的事情。

还有些人，会有一种双重的害怕：对于离世前的害怕和离世后的害怕。在离世前，会害怕没有完成已经开始的事情；害怕亲人贫穷、不安、悲伤；害怕没有完成之前确定的种种任务，抑或是害怕发现自己已处于生命的边缘，没有足够的时间来弥补我们的过失和错误。

“我年纪大了，丢给他们一堆烂摊子，这让我很内疚，但我没法告诉我的孩子们。我多希望能帮他们消除障碍，克服眼前的问题。同时也缓和一下我们波动起伏的关系。”

而在离世后，则是害怕吐完最后一口气后会发生的事情。

我们的恐惧和希望取决于我们的信念。我是去天堂还是去别的地方呢？我会受到欢迎吗？我能找到我爱的人吗？我会重生吗？如果答案是肯定的，那我会成为什么呢？

好好老去，尤其意味着要把生命给予时光，而不是把时光给予生命。它意味着活在当下，走进每一分每一秒，花时间迎接所有赐予我们的东西，去发现生命的课堂。

随着年龄的增长，我们需要学会依靠其他资源，依靠另一种观念，保持生命力，才会拥有更多的可能。

爱，是生命的能量

在本书的字里行间，我阐述了我对事物的感知和我个人的宇宙观，我只是陈述了一些维系我生命的信念。它们是我的航标，是我的明灯，是我的基石，指引着我从事导师的工作。在这里，我怀着谦卑和尊重提出这些建议。

我相信（但这只是一种信念），在受孕的那一刻，在精子卵子结合的神奇瞬间，在各种欲望中（这些欲望或相似，或矛盾，或主动，或被动），我相信，我们得到了三颗相当于种子一样的东西。在过去几年中，这个强有力的印象一直根植于我的脑海：生命的种子、博爱的种子和宇宙能量的种子。

这三颗种子在我们身上生根发芽，伴随我们在地球上度过整整一生，同时见证我们其他动力的发展：成长的动力，发展的动力，或者仅仅是“储存”和“消耗”的动力。这就是我所理解的我们在地球上的旅行的意义：把更多的生命力、更多的爱和更多的能量还给宇宙（在我们离开肉体躯壳的时候）。或者简单地交出余额，也就是我们消耗、浪费、滥用了生命、爱情和能量后所剩下的东西。或许，这时你就会觉得生命微妙、有趣、困难或神奇，承载着种种可能。至于当下是否要接受这一使命，是推动它发展，还是将它搁置，需要问一问你自己……

无论你身在何处，我都会继续相信，是爱将我们联系在一起，是爱将我们变得更加美好，是爱在引领我们成为更好的自己，看到他人更好的一面。

“没有爱的生命，

就像没有花和果实的树。

没有美的爱，

就像没有芳香的花和没有种子的果实……

生命、爱和美，

三者独立而统一，

既不会改变，

又不会分离。”

——卡里·纪伯伦

读者 Readers 回函表

WIPUB BOOKS

姓名：＿＿＿＿＿ 性别：＿＿＿ 年龄：＿＿ 职业：＿＿＿＿ 教育程度：＿＿＿＿

邮寄地址：＿＿＿＿＿＿＿＿＿＿＿＿＿＿ 邮编：＿＿＿＿＿＿＿＿＿

E-mail：＿＿＿＿＿＿＿＿＿＿＿＿＿＿ 电话：＿＿＿＿＿＿＿＿＿

您所购买的书籍名称：《瞬间与永恒——让构筑永恒的每个生命瞬间都闪耀》

您对本书的评价：

书名：□满意 □一般 □不满意 | 故事情节：□满意 □一般 □不满意
翻译：□满意 □一般 □不满意 | 书籍设计：□满意 □一般 □不满意
纸张：□满意 □一般 □不满意 | 印刷质量：□满意 □一般 □不满意
价格：□便宜 □正好 □贵了 | 整体感觉：□满意 □一般 □不满意

您的阅读渠道（多选）：□书店 □网上书店 □图书馆借阅 □超市/便利店 □朋友借阅 □找电子版 □其他

您是如何得知一本新书的呢（多选）：□别人介绍 □逛书店偶然看到 □网络信息 □杂志与报纸新闻 □广播节目 □电视节目 □其他

购买新书时您会注意以下哪些地方？

□封面设计 □书名 □出版社 □封面、封底文字 □腰封文字 □前言、后记 □名家推荐 □目录

您喜欢的书籍类型：

□文学－奇幻小说 □文学－侦探/推理小说 □文学－情感小说 □文学－散文随笔 □文学－历史小说 □文学－青春励志小说 □文学－传记 □经管 □艺术 □旅游 □历史 □军事 □教育/心理 □成功/励志 □生活 □科技 □其他

请列出3本您最近想买的书：＿＿＿＿、＿＿＿＿、＿＿＿＿

请您提出宝贵建议：＿＿＿＿＿＿＿＿＿＿＿＿＿＿＿＿

＿＿＿＿＿＿＿＿＿＿＿＿＿＿＿＿

★感谢您购买本书，请将本表填好，扫描或拍照后发电子邮件至 wipub_sh@126.com，您的意见对我们很珍贵。祝您阅读愉快！

图书翻译者征集